吉田雄亮

雷神　草同心江戸鏡

実業之日本社

実業之日本社文庫

雷神　草同心江戸鏡／目次

雷神　草同心江戸鏡

第一章　祟《たた》りの稲妻

一

凄《すさ》まじい爆裂音が轟《とどろ》いた。
大木の幹を、縦《たて》に炎が走る。
瞬間、炎を追うように幹が裂けた。
割れ目から煙が立ち上る。

「最初は真崎稲荷《まさきいなり》近くの大木に雷が落ちた。その日は、雲の垂れ込めた闇夜だったが、雨は降っていなかった。風はなかった。それから二日後に鏡《かがみ》ケ池《いけ》の岸辺の高木に落雷した。その翌日、三日前に、浅茅《あさじ》ヶ原《はら》の外れの巨木に、また雷が落ちた。鏡ヶ池や浅茅ヶ原のときも、真崎稲荷のときと同じ空模様だった。まるで判で押したような雷の落ち方だ。おかしいとおもわないか」

朝五つ（午前八時）前に、蛇骨《じゃこつ》長屋の秋月半九郎《あきづきはんくろう》の住まいにやってきた南天堂《なんてんどう》が、

「入っていいか」

と断ることもなく、図々しく座敷に上がり込んで話し始めた。

隣に住む南天堂は、浅草東仲町《あさくさひがしなかちょう》の通りに店を出している易者である。

浅草有数の岡場所である東仲町に根を下ろしている南天堂の耳には、さまざまな噂《うわさ》が飛び込んでくる。

三度つづけて雷が落ちた日が、雲が垂れ込めた闇夜だったとはいえ、稲妻《いなづま》につきものの荒れた天候ではなく、風のない、どちらかといえば穏やかな空模様だったことが、ひとつの噂を生んでいた。

金龍山浅草寺《きんりゅうざんせんそうじ》の風雷神門《ふうらいじんもん》には、伽藍《がらん》の守護神として右に風神、左に雷神の立像が祀《まつ》られている。

その噂とは、夜中、雷神像が抜け出して、退屈しのぎに雷を落としているというものだった。

「雷神像が雷を落としているなんて噂を信じてはいない。いないが、なんで、風のない曇りの日に雷が落ちるのか、どうにも気になってな。半さんに相談したら、雷神の仕業かどうか、調べる手立てが見つかるんじゃないかとおもってやってきたんだ」

うむ、と半九郎は首をひねった。

どうこたえていいか、判じかねたからだった。

しばし黙り込んだ半九郎にじれたのか、南天堂が口を開いた。

「半さんは、どうおもうね。雷神像がやっていることだと信じている、顔なじみの茶屋の男衆に、像の御霊が抜け出してやっているなんてそんな馬鹿なことはない、とこたえたら、そうじゃないという証《あかし》をみつけてくれ、八卦見《はっけみ》なら簡単にできるだろう、と逆ねじを食わされてな。つまるところ、おれの面目《めんぼく》がかかっているんだ」

「そうはいってもな」

煮えきれない半九郎に、南天堂が渋面をつくった。

「頼むよ、半さん。じつのところ、おれは、売り言葉に買い言葉、それほどいうなら雷神像の仕業じゃないということをはっきりさせる、と啖呵《たんか》をきってしまったんだ。いい知恵を絞りだしてくれよ」

「そういうな。おれも、南天堂と同じだ。像が退屈しのぎに雷を落としているなんて、そんなことはありえない。けどな、どうやったら、そうじゃないことを明らかにできるか、思い浮かばないいんだ。悪いな」

困り果てた様子の半九郎に、南天堂が舌を鳴らした。

「つれないこというなよ。どうしたものか」

大きく唸《うな》って首を傾げた南天堂が、閃《ひらめ》いたのか、ぽん、と右手で左手の掌《てのひら》を打って、身を乗り出した。

「これしかない」

「どんな手立てだ」

問いかけた半九郎に南天堂が告げた。

「雷神像が雷を落としそうなところを見廻るんだ。半さん、おれと一緒に見廻ってくれるだろう」

「見廻るといっても、いつ雷が落ちるか見当がつかないだろう」

「落雷するまで見廻るんだ。なあに、三、四日のうちには落としてくれるよ」

「本気なのか、南天堂」

「本気だとも。おれと半さんの仲だ。もちろんつきあってくれるだろうな、見廻りに」

「それは、しかし」

「頼りにしているぜ、半さん」

有無をいわせぬ南天堂の物言いだった。

「そういわれてもな。雷神に祟《たた》られた気分だ」

押し切られた半九郎が、ため息をついた。

二

「いままで雷は真夜中に落ちている。夜中に見廻ろう」

いいだした南天堂は、半九郎に返答する間を与えることなく、つづけた。

「出店を早仕舞いして、夜四つ過ぎには長屋にもどるつもりだ。商売道具を家に置いてから声をかける。半さんは出かける支度をして、ここで待っていてくれ。それから浅茅ヶ原へ向かおう」

そう決めつけて、帰っていった。

南天堂が引き上げた後、半九郎は南天堂から聞いた落雷騒ぎの顚末《てんまつ》を、頭のなかで反復した。

一刻(二時間)ほど思案しつづけた半九郎は、雷の落ちた日の天候にひっかかるものを感じ始めていた。

すべて風のない曇りの日であった。

雨の降る荒れ模様の天候の日。それが雷の落ちるときの空模様だと、半九郎は考えている。

(明らかに、ふつうの落雷のときとは様相が違っている)

導き出した答えがそれだった。

(摩訶不思議《まかふしぎ》なこと)

とのおもいが強い。

(雷が落ちた場所を調べてみるか。疑念を晴らす手立てはそれしかない。おれの務めを果たすべきときだ)

腹を決めた半九郎は、出かける支度にとりかかった。

蛇骨長屋に住む気ままな素浪人としか見えない秋月半九郎だが、その実体は南町奉行所年番方与力、吉野伊左衛門《よしのいざえもん》支配下の草同心《くさどうしん》であった。

草同心とは、外様大名が相次いで取り潰されたことにより浪人にならざるをえなかった、いまだに戦国武士の気風を残す旧藩士たちにたいする警戒心から生まれた、隠密の探索組織であった。

元禄《げんろく》十五年（一七〇二）、新たに設けられた江戸中町奉行所、一度廃止されていた盗賊改《とうぞくあらため》の復活につづいてつくられた役目で、幕府より三十俵の陰扶持《かげぶち》を与えられていた。

草同心は浪人として江戸の町々に住み着き、それぞれ自分が住む町の近隣数町の有様を探り、異変の種を見つけ出したら、上役にあたる年番方与力に密かに知らせるように定められていた。

ただし、草同心が年番方与力に報告するときは、いくつかの確証がつかめた場合に限る、と暗黙の取り決めがあった。

その取り決めゆえに草同心は、悪事の形が明らかになるまで単身での探索を余儀なくされていた。

常に単身で探索せざるをえない草同心には、我が身に危険が及んだときや、法度《はっと》では裁くことができない極悪人にたいして、切り捨て御免の特権が与えられていた。

その草同心の組織が結成されて十七年の歳月が流れた享保《きょうほう》四年（一七一九）、窮乏した幕府の財政立て直しに挑む八代将軍徳川吉宗《とくがわよしむね》は、江戸の人口が五十万人余、町の数が二百五十四町に達し、人口、町数ともに膨らみ続けることが予測されているにもかかわらず、中町奉行所の廃止を決断する。

その裏には、南町奉行大岡越前守忠相《おおおかえちぜんのかみただすけ》による、

「草同心の組織は滞りなく機能いたしております」

との進言があったからだといわれている。

が、中町奉行所廃止の後、江戸の治安を保つため、殺し、火付け、盗み、騙《だま》しなどの探索に携わる人数は、南北両町奉行所合わせて定町廻《じょうまちまわり》同心十二人、臨時廻同心十二人、隠密廻同心四人、合わせて二十八人にすぎなかったのである。

三

総泉寺《そうせんじ》の北うしろ、橋場の渡しから北一町のところに真崎稲荷はある。

豆腐が土地の名産で、稲荷界隈に建ちならぶ瀟洒《しょうしゃ》な造りの茶屋や茶店は、名物の真崎でんがくの味を競っていた。

真崎稲荷そばの茶店の縁台に腰をかけた半九郎は、注文を聞きにきた老爺《ろうや》から大木に雷が落ちた夜のことを聞き込んだ。

老爺の住まいは茶店の奥の間だった。

「寝ていたら、雷が落ちた、凄い音がして目が覚めた。起き出して外を見たら、真崎稲荷の近くに立つ大木の幹が割れていて、そこから煙が上がっていたんだよ」

そのときのことをおもいだしたのか、老爺がおもわず顔をしかめた。

注文した真崎でんがくを食した半九郎は、雷が落ちた大木をあらために行った。

大木の幹は、根元近くまでふたつに割れていた。

裂け目が焼け焦げている。

しゃがんで割れているところを、じっくりと調べた。

いままで雷が落ちた木を、細かく見たことはない。

(雷は幹のなかを突き抜けるとおもっていたが、そうでもないようだな)

胸中でつぶやいた半九郎は、いまいちど幹の割れ目をあらためた。

何度見ても、幹の片側の木肌の焦げ方がひどかった。

茶店の老爺は、雷が落ちた瞬間を見ていない。

どんな角度で直撃したか、推測すらできなかった。

（ほかの木を、あらためてみよう）

浅茅ヶ原へ向かうべく半九郎は立ち上がった。

千住大橋《せんじゅおおはし》に向かって広がる田畑に、月桂寺《げっけいじ》などの寺社が点在している。

鏡ヶ池のある浅茅ヶ原を境に、総泉寺をはじめとする寺町が形作られていた。

（池沿いに建つ出山寺《しゅっさんじ》など三寺の修行僧のなかには、落雷する瞬間を見た者もいるかもしれない）

が、次の瞬間、その考えを打ち消していた。

僧侶の朝は早い。真夜中に起きたことだ。眠っていたに違いない。そう判じたからだった。

半九郎は浅茅ヶ原のはずれの巨木、鏡ヶ池の高木と、落雷した木々をあらためてまわった。

二本とも、真崎稲荷近くの大木と同じような有様だった。

田畑で働いている百姓数人に聞き込みをかけたが、茶店の老爺から聞いた話と大差なかった。

暮六つ（午後六時）を告げる時の鐘が鳴り響いている。

(手がかりがない。これ以上動きまわっても、無駄)

半九郎は、蛇骨長屋に帰るべく踵《きびす》を返した。


夜四つ(午後十時)すぎ、段取りどおり南天堂が半九郎の住まいの表戸を叩いた。

しのびやかな音だった。

すでに寝入っている住人たちのことをおもんぱかったのだろう。

返答することなく立ち上がった半九郎は大刀を帯に差し、表戸へ向かった。


浅茅ヶ原へ行く道すがら、半九郎は南天堂に、昼間雷が落ちたあたりへ出かけたこと、落雷した木々の裂け目をあらためたこと、聞き込みをかけたが、落ちた瞬間を見た者は誰もいなかったことなどを話した。

聞き終えた南天堂が、揶揄《やゆ》するようにいった。

「ただの雷だろう。噂にまどわされているんじゃないのかい、半さん」

「どうにも気になってな。ただの雷じゃないような、そんな気がするんだ」

「ただの雷じゃない?」

鸚鵡返《おうむがえ》しをした南天堂に、

「それが、よくわからぬのだ。何かもやもやして、いやな気分だ」

「おれも、そうだ。半分、雷神の祟りのような気もするし、そうじゃないような気もするし、どうも釈然としない気分だよ」

それきりふたりが口をきくことはなかった。

黙々と歩を運んでいく。

真夜中八つ（午前二時）過ぎまで浅茅ヶ原界隈を歩き回ったが、雷は落ちなかった。

「ついてねえな。話のたねにもならない」

南天堂がぼやいた。

「まだ一日だけだ。少なくとも三、四日はつづけないとな」

応じた半九郎に、

「明日はやめとこう。疲れた。引き上げるか」

半九郎の返事を聞く前に、南天堂が歩き始めた。

四

半九郎たちが見廻りに出た翌日の深夜、宮城《みやぎ》村の名主の屋敷に雷が落ち、納屋が全焼した。

その噂が、半九郎の耳に入ったのは、三日めの朝だった。

前夜、占いの客から聞いた話を、南天堂が翌朝、半九郎につたえにきたのだ。

「雷見物に行くのが、一日早かったな」

くやしげな南天堂に苦笑いしながら、半九郎が告げた。


その日の夜、千住大橋近く、中村町《なかむらちょう》の名主の屋敷に雷が三発落ちた。

二発は母屋に、一発は納屋に落ち、それぞれ半焼した。

翌々日の朝、やってきた南天堂から話を聞いた半九郎は、ひとりで中村町の名主の屋敷へ出向いた。

屋敷の、開け放たれた表門の前に立って、火事の後片づけをしている様子を眺めていた半九郎は、出てきた下男に声をかけた。

相手が二本差しだったので仕方なく足を止めたという様子の、いかにも迷惑そうな五十がらみの下男は、

「風がなかったので、火が燃え広がらなくてよかった。不幸中の幸いでした」

目をしばたたかせながら、話してくれた。

「雷が落ちたところを見たか」

問いかけた半九郎に、

「寝ていたので、見ていません。もうよろしゅうございますか。ごらんのとおり、火事の後片づけが大変でして」

丁重な物言いだったが、下男の音骨に冷ややかな響きがあった。

「足を止めさせて、すまぬな」

こたえた半九郎に頭を下げ、下男が背中を向けた。

屋敷から遠ざかっていく下男をしばし見送った半九郎が、再び屋敷に目をもどした。

母屋の屋根に大きな穴がふたつ開いていて、まわりが焼け落ちている。

(爆薬で吹き飛んだような母屋の崩れ方だ。納屋のほうは、どうだろう)

いまいる場所からは、納屋はよく見えない。

大胆にも半九郎は、なかに足を踏み入れた。

数歩いったところで立ち止まり、納屋の様子を窺《うかが》う。

納屋も母屋と同じ有様だった。

首を傾げる。

同じ角度で雷が落ちたとしかおもえぬような穴の形に、不自然なものを感じていた。

気づいたのか、駆け寄ってきた別の下男が声をかけてきた。

「どちらさまでございますか」

丁重な物言いだが、半九郎の上から下までなめるように視線を這わせて探っている。

「あちこちに雷が落ちている。落雷したと聞いて、屋敷がどうなっているか見たくてやってきたのだ。すぐ引き上げる。邪魔したな」

笑みを浮かべて、半九郎が応じた。

踵を返し、外へ出て行く。

一刻（二時間）ほど屋敷の周りを歩き回り、通りがかりの百姓数人に聞き込みをかけた。

「真夜中に爆発したような音がつづけて三度響いて、目がさめました。表へ出てみると名主さんの屋敷から火の手が上がっていたんです」

と異口同音の話が返ってきた。

不思議なことに、ここでも雷に付きものの、雷鳴を聞いた者はひとりもいなかった。

釈然としないおもいは、さらに膨らんでいる。

（夜空を走る稲妻を見た者はいない。雷鳴も聞いていない。此度《こたび》の雷は、落ちたときにだけ轟音を発している。まこと摩訶不思議な雷。雷でないとすれば、いったい何なのだ）

思案しながら半九郎は、蛇骨長屋へ歩みをすすめた。

五

いったん長屋にもどった半九郎だったが、相次ぐ雷騒ぎについて、町でどう噂されているか気になってきた。

浅草東仲町に足を向けた半九郎は、通りすがりの蕎麦《そば》屋に立ち寄って、蒸籠《せいろ》二枚を食した。

晩飯にしては多少物足りない気もしたが、とくに食べたいものもない。半九郎は、町の噂をどうやって聞きだすか、よい思案も浮かばないまま、町をぶらついた。

風雷神門から仁王《におう》門までの間にある茶屋町、風雷神門の西南、田原町《たわらまち》三丁目の東どなりに東仲町、南方に西仲町《にしなかちょう》がある。

このあたりは浅草寺の寺領だった。

足の向くまま歩きつづけた半九郎は、よい知恵もおもいつかぬまま、南天堂が八卦見の出店を開いているところにきていた。

（下手に聞き込みをかけるより、南天堂に訊《き》いた方がたしかだ）

半九郎のなかにあるおもいが、そうさせたのだろう。

まだ宵の口である。

往来する男たちは遊びに行く先のことに気を奪われているのか、南天堂の前を素通りしていく。

南天堂は、いかにも手持ち無沙汰《ぶさた》に見えた。

しきりに算木《さんぎ》を並べ替えている。

暇つぶしのためにやっていることは明らかだった。

声をかけそびれていた半九郎に気づいて、南天堂が手招きした。

近寄ってきた半九郎に南天堂が声をかけてきた。

「その顔つきだと、どうやら中村町へ足をのばしたようだな」

「わかるか」

こたえながら横に立った半九郎に、南天堂が話しかけた。

「占い好きで、ちょくちょく顔を出してくれる茶屋の男衆から聞いたんだが、つづけざまの落雷に『やっぱり雷神さまの祟りだ』と芸者たちが騒ぎ立てているそうだ」

「祟っているとはおもえぬ。雷は風のない日を選んで落ちている。大火事にならないようにこころがけている。そんな気がする。雷神様の仕業だとしたら、祟るというより、みんなが驚くのを見て、楽しんでいるのかもしれぬな」

気楽な口調の半九郎に、南天堂がいった。

「半さんも、雷神さま同様、雷騒ぎを楽しんでいるんじゃないのかい」

「摩訶不思議な、気がかりな出来事だとおもっている。もっとも、まだ死人が出ていないからいえるんだが」

じろり、と半九郎に目を向けて南天堂が告げた。

「雷神さまは、そのうち本性を剝《む》き出すさ。何かよくないことが起きそうな気がする」

眉《まゆ》をひそめた南天堂に、無言で半九郎がうなずいた。

六

日付が変わった深夜、重なり合うようにして四度、爆裂音が響いた。
その音を、半九郎は住まいの夜具のなかで聞いた。
飛び起きた半九郎は、着替えて大小の刀を腰に差し、外へ飛び出す。
左手の空に、この刻限にいつも見ている新吉原《しんよしわら》の明かりが映《は》えている。
その奥、右手の空が真っ赤に染まっていた。
色むらができている。
揺れる炎が作り出している変化だろう。
(元吉町《もとよしちょう》のあたりか)
判じた半九郎は路地木戸を抜けて、通りへ出た。
赤みを帯びた空を目指して早足ですすんでいく。

浅草寺と連なる寺院の間にある通りを、新吉原へ向かうと奥山の裏へ出る。

そこからは立ち上る黒煙と炎が、はっきりと見えた。

半九郎の見立てどおり、元吉町の方角だった。

奥山の裏の通りを左へ折れる。

突き当たりは日本堤《にほんづつみ》だった。

日本堤の手前には、編笠茶屋が建ちならんでいる。

編笠茶屋は、新吉原に通う、僧侶や大名、大身の武士など顔を見られたくない者たちに編笠を貸す見世《みせ》であった。

日本堤へ出た半九郎は、新吉原へ向かう衣紋坂《えもんざか》の下り口に立つ見返り柳を通り過ぎ、辻を右へ曲がった。

行く手には田地が広がっている。

俗に田中と呼ばれる一帯であった。

山谷堀《さんやぼり》寄りの、田地に面した屋敷が燃えている。

半九郎は小走りに屋敷に近づいていった。

豪壮な造りから見て、名主の屋敷とおもわれた。

半鐘が鳴っている。

火消したちが消火に走り回っていた。

奉公人たちが、屋敷のなかから家財道具などを運び出している。

人だかりがしていた。

出で立ちなどから見て、近所の住人たちなのだろう。

歩み寄った半九郎が、野次馬の一番後ろに立っている男に声をかけた。

「燃えているのは誰の屋敷だ」

ぎょっとして、男が振り向いた。

声の相手が浪人だとわかって、明らかに戸惑っている。

「どちらさまで」

「このところの雷騒ぎが気になっている。雷が落ちた音がしたので駆けつけた。ところで誰の屋敷だ」

「元吉町の名主さまの屋敷で。母屋の四ヶ所に落ちたようです」

「四ヶ所に」

訊き返した半九郎に男がこたえた。

「四ヶ所から火の手が上がっているので、消し場の目安にする纏《まとい》が立てられない、焼け落ちてしまう、と纏持ちがわめいていました」

「そういや、屋根の上に纏持ちの姿がないな」

つぶやいて、半九郎は、火の手が上がっているところをあらためた。

屋根が四ヶ所、ほぼ等しい間隔で焼け落ちている。

無意識のうちに、半九郎は首を傾げていた。

火の手が立ち上る空には、雲が垂れ込めている。

ほとんど風がないのか、炎の揺らぎは少ない。

（つづけて三軒、落雷で名主の屋敷が焼けている。たまたま重なっただけなのか。

どうにも合点がいかぬ）

胸中でつぶやいた半九郎の耳に野次馬たちのささやきが聞こえてきた。

「雷神さまの祟りだ」

「けちで強欲な名主だ。いい気味だぜ」

「日頃の行状が悪すぎる」

それらのことばから半九郎は、なぜ野次馬たちが家具などを運び出している名主や家人、奉公人たちを手伝おうとしないのか、よくわかった。

炎は屋敷全体に燃え広がっている。

名主の屋敷が燃え落ちるまで、野次馬たちは動こうとしなかった。

そんな野次馬たちにまじって、崩れてもなお燃え続ける屋敷を半九郎は凝然《ぎょうぜん》と見つめている。

七

翌日、下城してきた南町奉行大岡越前守忠相は、奉行用部屋に年番方与力吉野伊左衛門を呼びつけた。

顔を出し、下座に控えた吉野に大岡が告げた。

「わしが登城している間に、浅草田町《たまち》に上屋敷を有する六郷筑前守《ろくごうちくぜんのかみ》様からの封書が届いていた。書状には、昨夜、落ちた雷のことが記されている」

ことばを切った大岡が、脇に置いた封書を手にとった。

「これが六郷様からの封書だ。近う寄れ」

と封書を差し出した。

「読ませていただきます」

膝行した吉野が大岡に近寄り、押し頂くようにして封書を受け取った。

再び膝行して、もといたところまで後退《あとじさ》る。

封を開いて、脇に置き、四つ折りされた書状を開いた。

読み始める。

書面には、

〈このところ相次いで雷が落ちている。昨夜は、当家から、さほど離れていない元吉町の名主の屋敷に落ちた。寝ていたのだが大きな落雷音に、驚いて目が覚めた。不寝番の者を火事場に走らせたところ、どこに落雷したか判明した。名主の屋敷に雷が落ちて焼けたのは、これで三度目。浅草界隈では、雷神様の祟りだと噂されていると聞く。このまま放置するわけにはいかぬ奇々怪々な話。月番の南町奉行所で調べてくれ〉

といったようなことが記されている。

書状を封紙の上に置いて、吉野が問いかけた。

「六郷様から名指しでの書状。ほうっておくわけにはいきませぬ。さりとて、雷神様の祟りなどという埒《らち》もない噂を取り上げて、大っぴらに調べだすのは、いかがなものかと。どういたしましょう」

「下手に動けば南町奉行所が笑いものになるかもしれぬ。それゆえ、奉行所の手の者を動かすわけにはいかぬ。支配下の草同心に命じて、雷騒ぎの顛末を調べ上げてくれ」

「承知しました」

唇を真一文字に結んで、吉野が頭を下げた。

第二章　鵺《ぬえ》の浮き巣

一

朝起きて顔を洗った後、吉野は必ず庭へ出た。

八丁堀《はっちょうぼり》にある屋敷の塀際に立つ大木のそばに行き、そのまわりをゆっくりと歩く。草同心たちからのつなぎ文があるかどうか、あらためるための動きだった。

つなぎ文は、重し代わりの小石を包んで、老木の根元に投げ込まれている。めったにつなぎ文は落ちていなかった。

が、今日は違った。

小石をくるんで丸めた紙が転がっている。

吉野は四人の草同心を管轄していた。

最低一月に一度、草同心たちは自分たちが見廻りをすると定められた数町の有様をつなぎ文で知らせてくる。

つねに判で押したように、

〈いつもと変わらぬ様子〉

と書き記してくる者がほとんどだった。

が、浅草、上野《うえの》界隈の見廻りを任されている秋月半九郎だけは違っていた。多くの盛り場が点在している、常日頃からもめ事の絶えない一帯であった。

つなぎ文を拾った吉野には、

〈秋月からのつなぎ文〉

との、願望に似たおもいがある。

雷騒ぎの探索を半九郎に命じる。今日のうちに秋月につなぎをとる。そう吉野は考えていた。

小石を捨て、つなぎ文を開く。

末尾にある〈秋〉という文字が目に飛び込んできた。

うむ、とうなずいた吉野は、つなぎ文を読み始めた。

〈明日暮六つ、例のところで待つ　秋〉

と、書いてある。

「雷騒ぎの顚末を草同心に調べさせよ」

と大岡から命じられている。

まさに吉野にとっては、渡りに船の展開であった。

つなぎ文を四つ折りにした吉野は、ゆっくりと懐《ふところ》に押し入れた。


その日の暮六つ（午後六時）過ぎ、両国広小路《りょうごくひろこうじ》の大川沿いにある〈船宿　浮舟《うきふね》〉で、半九郎は上座にある吉野と向かい合っていた。

つなぎ文に書かれていた、

〈例のところ〉

とは浮舟のことだった。

浮舟は、半九郎と吉野の間で、あらかじめ決めてある〈密議の場所〉であった。

半九郎が、いままで調べ上げた雷騒ぎのあらかたを話しつづけた。

聞き終えて吉野が、口を開いた。

「雷が落ちたときの空模様が、どうにも気にかかる。雷鳴を聞いた者がひとりもいないというが、雷鳴が聞こえない雷など、この世にあるはずがないともおもう。が、雷は落ちている。昨夜は元吉町の名主の屋敷を焼き尽くし、その前には宮城村、つづいて中村町といずれも名主の屋敷に落雷している」

じっと半九郎を見つめて、吉野がつづけた。

「秋月、証《あかし》がなくともよい。これらの火事は、雷が落ちたことによって起きたことかどうか。おまえの見立てを訊《き》きたい」

見つめ返して、半九郎がこたえた。

「これだけはいえます。決して雷神様の祟《たた》りなどではありません。吉野様がいわれるとおり、雷鳴の轟《とどろ》かない雷も、ありえないこととおもいます。しかし」

「しかし、何だ」

訊いてきた吉野に、

「私はこの耳で、雷の落ちる音をはっきりと聞いております。凄《すさ》まじい音でございました」

「雷が落ちたときは風のない、雲の垂れ込めた夜だといっていたが、一度も雨が降ったことはなかったのだな」

「雨も降らず風も吹かず、雷だけが落ちている。そういうことでございます」

首を傾げて、吉野がつぶやいた。

「空模様からみれば、とても雷が落ちるような状態ともおもえぬが」

ため息をついて、ことばを重ねた。

「不可解極まる。が、落雷でなければ、いったい何なのだ」

「私も疑念を抱いています。万が一、雷の仕業ではないということなら、誰が何のために、どうやって落雷にみせかけているのか。雷騒ぎを起こして何の得があるのか。さっぱり見当がつきませぬ」

再び半九郎を見つめて、吉野が告げた。

「雷騒ぎのこと、御奉行も気にかけておられる。できうるかぎり速やかに騒ぎの実態を調べ上げてくれ」

口調を変えて、吉野がつづけた。

「かたい話はここまでだ。浮舟の料理人が腕を振るった肴《さかな》を楽しみながら、一献《いっこん》傾けよう」

「馳走になります」

笑みをたたえて、半九郎が応じた。

二

（いつ落雷騒ぎが起きるかわからない）

とのおもいにとらわれている半九郎は、一口含んだきり、酒を呑まなかった。

吉野も同じだった。

二刻（四時間）ほど、いままでの探索で感じたことや、今後の連係の段取りなどを話し合って、ふたりは浮舟を後にした。

風のない、雲の垂れ込めた夜だった。

歩を移しながら、

（一昨夜と同じような空模様、今夜もまた、どこぞに雷が落ちるかもしれぬ）

不意に湧いたおもいに、半九郎はおもわず苦笑いを浮かべていた。

（つづけざまに落ちるはずもない）

そうおもいながら、半九郎は、再び東仲町の南天堂の出店へ足を向けていた。

元吉町の名主の屋敷に落ちた雷について、どんな噂が流れているか知りたいと考えたからだった。

出店に着くと南天堂は帰り支度を始めていた。

「早仕舞いだな」

声をかけると、半九郎に顔を向けて南天堂がこたえた。

「雷騒ぎで遊びにきた連中が早く引き上げるようになっちまった。雷神さまに祟られている気分だ」

床机《しょうぎ》を折りたたみ、筮竹《ぜいちく》などの商売道具を布袋に入れて帰り支度を終えた南天堂が両手に荷物を抱え上げ、半九郎を見やった。

「半さんの本性を見たよ。ほんとに薄情な奴だ。隣人のおれが、両手にあまる荷物を抱えているのに、手を貸す気配もない。呆《あき》れたね」

揶揄《やゆ》する口調の南天堂に、半九郎がいった。

「荷物を持ってやってもいいが、万が一、雷神さまの手先みたいな奴らが襲ってきたら、刀が抜けない。持っていた商売道具を放り出して壊しでもしたら、それこそ大変だ。用心棒の役目を果たしやすいようにしておいたほうが、いいとおもうがね」

呆れかえって南天堂がいった。

「まったく、ああいえばこういうだ。半さんには負けたよ。急いで帰ろう。町の新たな噂を聞こうとおもってきたんだろうが、前と同じだ」

「そうか。相変わらずか」

独りごちた半九郎が歩き出した南天堂につづいた。


雷の落ちる音が十数発、重なり合って聞こえた。

眠りに落ちていた半九郎だったが、その音のあまりの大きさに跳ね起きた。

着替えて、大小二刀を腰に差し、表へ飛び出す。

飛び出してきた南天堂とぶつかりそうになって、半九郎はとっさに身を躱《かわ》した。

「聞いたか、今の音」

声をかけてきた南天堂に半九郎が応じた。

「近いぞ。見に行く」

「おれも」

駆け出した半九郎を、南天堂が追いかけた。

炎に赤く染まった空を目指して、半九郎は走りつづけた。

行く手に炎が見える。

火事見物に走る男たちがわめいている。

「火事場は花川戸《はなかわど》だ」

「大長屋らしいぞ」

男たちにまじって半九郎も走った。


八棟の大長屋が一斉に燃え上がっている。

それぞれの棟の二ヶ所から炎が昇っていた。

火消し数組が駆けつけている。

が、大長屋のまわりを囲んでいるだけだった。

消し口がみつからないのだろう。

火事見物の野次馬たちのなかに半九郎の姿があった。

大長屋の各棟の屋根にあいた、落ちた雷が穿《うが》ったふたつの穴に目を奪われている。

元吉町の落雷が、屋根につくりだした形と酷似していた。

それぞれの屋根を繰り返し見直す。

火消したちは、長鳶《ながとび》を使って懸命に建屋の端を崩している。

類焼を防ぐための作業だった。

焼け出された大長屋の住人たちだろうか。風呂敷包みを背負ったり、子供を抱いたりして肩を寄せ合い、燃え上がる大長屋を見つめている。

「半さん」

呼びかけられて半九郎が振り向く。

背後に南天堂が立っていた。

怯《おび》えている。

「名主の屋敷に相次いで雷が落ちた。まず大長屋がやられた。今度は長屋の番だ。蛇骨長屋が危ない。そうおもわないか、半さん」

問いかけに半九郎はこたえなかった。

視線を南天堂からそらし、燃え上がる大長屋を凝然と見つめている。

三

翌朝五つ（午前八時）過ぎ、半九郎は大長屋の焼け跡の前に立っていた。

大長屋は、浅草寺随身門《ずいしんもん》の面した、東谷の馬道へ抜ける通り沿いに建ちならぶ一《いち》の権現《ごんげん》、顕松院《けんしょういん》などの寺社の裏手に位置している。類焼を免れるために壊されたのか、それらの寺社の塀のほとんどが崩れ落ちていた。

　昨夜も分厚い雲に覆われた、風のない夜であった。

　その空模様が、近くの建物に炎が燃え広がらなかった要因だろう。

　風雷神門を出て浅草広小路を左へ曲がり、大川へ向かって一つ目の辻を左折し、一つ目の路地を過ぎると大長屋に行き着く。

　風の吹きようで、浅草寺をも焼き尽くしかねない場所であった。

　浅草広小路の近くには、浅草東仲町など岡場所が点在している。

（雷が落ちた刻限に、近くを往来していた酔っ払いがいるかもしれない）

　そう判じて、半九郎はきたのだった。

　焼け跡のまわりには、行き場のない長屋の住人たちがやっと持ち出した家財道具のそばで途方に暮れている。着の身着のままで逃げ出してきたのか、動く気力も失って座り込んでいる者もいた。行李《こうり》にもたれかかっている、幼い子供を連れた夫婦者も見えた。

　火消したちが大長屋の焼け跡に入り、まだくすぶっている木材を片づけている。

　が、そんな火消したちにまじって、焼け焦げた木材の欠片《かけら》とおもわれる棒を手に、尻端折《しりっぱしょ》りの男がしゃがみこんでいた。

捜し物をしているのか、焼け落ちた木材を細かくかき分けている。

火消したちが、時折目を向けては首を傾げたり、仲間と怪訝《けげん》そうに顔を見合わせているところをみると、男はかってに焼け跡に入り込み、捜し物をしているのだろう。

何をやっているのか知りたくなった半九郎は、男に歩み寄った。

声をかける。

「捜し物か」

振り向いた男が迷惑そうに応じた。

「おれは錺職《かざりしょく》だ。商売道具を見つけ出さなきゃ、おまんまの食い上げだ」

「夜遅くまで呑んでいたのか」

問うた半九郎に、錺職がこたえた。

「東仲町の居酒屋で、馴染みの女と真夜中までな。もう少し早く帰っていたら、商売道具ぐらい持ち出せたかもしれねえ」

吐き捨てたような錺職のことばに、半九郎は引っかかるものを感じた。

さらに問いかける。

「雷が落ちるところを見たのか」

大きくうなずいて錺職がいった。

「見た。突然、轟音がして、八棟ある長屋のあちこちから火柱が上がった。雷が落ちたんだ。それも何発も同時に。おれは雷だとおもった。けど、何か変なんだよ」

「変？　どこが」

初めて、雷が落ちる瞬間を見た者に出くわした。

昂《たか》ぶる気持ちを懸命に抑えて、半九郎が訊いた。

そのときを思い出しているのか、視線を泳がせて錺職がつぶやいた。

「凄まじい音がした。しかし、雷に付きものの稲光りは見えなかった。八棟の長屋全部に、ほとんど同時に落ちた。一斉に火柱が上がったんだ。おれは体がすくんで動けなかった。情けない話だ」

ため息をついた錺職が、力が尽きたのかへたりこんだ。

かけることばが、半九郎には見つからなかった。

黙り込んだまま、錺職がうつむいている。

しばし錺職を見つめて、半九郎はその場を離れた。

十数歩行って、半九郎は足を止めた。

持ち場を片付け終えたのか、火消しのひとりが焼け跡から出てくるところだった。

すかさず半九郎が、わざと軽い口調で話しかける。

「八棟ある大長屋が焼け落ちた。火消しの面目、丸潰れってとこだな」

顔をしかめて、火消しが立ち止まった。

「駆けつけたときには、屋根に火が回っていて、纏《まとい》のひとつも立てられなかったんだ。消し口を見つけるどころの騒ぎじゃねえ。燃え広がらないように周りの建屋を壊すのが精一杯よ」

「昨夜はどんよりした曇り空で、風がなかった。幸いだったな」

苦笑いして、火消しがこたえた。

「その通りだ。このところ、雷つづきで、好きな酒も満足に呑めねえ。いつ落ちるかと気が気でないし、夜もよく眠れねえ。風の強い日に何発も落雷したら、江戸の町は丸焼けになるぜ。火消し仲間も火にまかれて大勢死ぬだろうよ」

「そうならないように、祈ってるぜ」

応じた半九郎を無言で見やって火消しが背中を向けた。

歩き去っていく。

一休みしている火消しを見つけると、半九郎は片っ端から声をかけた。

みんな、最初に聞き込んだ火消しと異口同音のなかみだった。

夕七つ（午後四時）過ぎまで、半九郎は歩き回った。

（これ以上つづけても、新しい話は出てこない）

そう見切りをつけ、踵《きびす》を返した。

四

蛇骨長屋の路地木戸に入った途端、半九郎は予想だにしなかった光景におもわず足を止めた。

路地木戸からまっすぐにのびた路地の突き当たり、浅草寺の塀の前に数十人が群れている。住人のほとんどがいるように見えた。

なかに南天堂やお仲《なか》の姿もあった。お仲のそばに幼い男の子の手を引いた、風呂敷包みを背負い、手にも下げた三十半ばの女がいる。見知らぬ顔だった。

住人たちは何やら心配そうに顔を見合わせたり、興奮したように身ぶり手ぶりを混ぜて、口角泡《こうかくあわ》を飛ばしている男たちもいる。

いつもなら商いに出かける刻限だというのに、南天堂も大工の留吉《とめきち》や長吉《ちょうきち》と話していた。不安そうな女とお仲が、そんな南天堂たちを眺めている。

近寄ってきた半九郎に気づいて、お仲が声をかけてきた。

「どこへ行っていたんだよ、半さん。大変なんだよ」

「何が起こったんだ」

訊いた半九郎が、ちらり、とお仲のそばにいる女と幼子に目を走らせた。

女が途惑った様子で頭を下げた。男の子が不安そうに半九郎を見、すぐ女を見上げた。

女から半九郎に視線を移して、お仲がいった。

「お時《とき》さんだよ。あたしの廻り髪結い仲間さ。この子は正太《しょうた》ちゃん。大長屋の住人だったんだ。焼け出されて、当分の間、あたしのところにきてもらうことにしたんだ」

「それはいい。困ったときは、助け合うべきだ」

わきからお時が声を上げた。

「お時です。よろしく頼みます。正太」

正太の頭に手を置いた。

ぺこり、と正太が頭を下げた。

「秋月半九郎だ。お仲さん同様、気安くつきあってくれ」

微笑みかけた半九郎に、

「こちらこそ」

とお時が笑みを返した。正太も笑顔を向けている。

そばにいて聞き耳をたてていた南天堂が、話が一段落したのを見届けて話しかけてきた。

「大工の留吉が『大長屋の次は蛇骨長屋かもしれない。蛇骨長屋は大長屋と似たような大きさ。こんなに大きい長屋はほかにはない』といい出した。聞きつけた駕籠《かご》屋の権太《ごんた》と助吉《すけきち》が『雷神さまは貧乏が嫌いで、貧乏人が暮らしている大きな長屋が目障《めざわ》りなんだ。そうに違いない』とわめき始めたんだ」

半九郎が引き継いだ。

「それで、長屋の連中が集まってきたのか」

「そうだ。おれは商いに出たくとも出にくくなって、この有様だ」

と、突然、権太が大声で呼びかけた。

「みんな、大家さんのところへ押しかけよう」

「行って、どうするんだい」

訊いた長吉に権太が応じた。

「万が一、雷が落ちたときには、すぐ長屋を建て直してほしい。いまのまま住み続けることができるようにしてくれ、と頼むんだ」

「それはいい」

「いますぐ押しかけよう」

相次いで住人たちが声を上げた。

そんな住人たちの勢いに、半九郎と南天堂が半ば呆れて、おもわず顔を見合わせた。

「大家さん、話がある」

「出てきておくれ」

「なかに入りますよ」

表戸の前で騒ぎ立てる住人たちに、大家の久兵衛《きゅうべえ》が渋々姿を現した。

「何の用だね。おちおち晩飯も食べられない」

権太や留吉、住人たちが、

「蛇骨長屋に雷が落ちて焼けたら、すぐ建て直してください」

「このまま住んでいい、と約束してくださいな」

「頼みます」

とまくしたてるのを、

「一緒に声をあげられたら、わけがわからないよ。順序だてて話しておくれ」

と久兵衛が鎮《しず》めた。

両手を挙げて、みんなを黙らせた留吉が前に出て、事情を話しだした。

聞き終えて久兵衛が告げた。

「長屋を建て直すかどうか、私には決められない。家主さんと地主さんにみんなの望みをつたえておく。今日のところは引き上げておくれ」

いいきった久兵衛に、留吉たちが黙り込んだ。

後ろにいた半九郎が呼びかけた。

「大家さんのいうとおりだ。帰ろう」

「行くぞ」

歩き出した半九郎と南天堂、お仲たちにつられたように、住人たちが久兵衛に背中を向けた。

五

集まっていた場所にもどってきた住人たちは、不安がおさまらないのか、ざわめきあってその場を動こうとしなかった。

風呂敷包みを背負い、手にしたままのお時をみかねて、半九郎がお仲に声をかけた。

「お仲。お時さん、荷物を持ったままで重いだろう。住まいに帰ったらどうだ」

「そうだね」

こたえてお仲が、まわりを見渡した。

尖《とが》った目をした長屋の衆が、顔を見合わせぼやきあっている。

（群れていなければ不安なのかもしれない。このなかから抜け出したら、後々、村八分にされそうな、そんな気さえする）

そう半九郎は感じていた。

お仲たちも、そうおもっているのだろう。

途方に暮れた様子で、動く気配もみせなかった。

　そのとき、南天堂が大声でいった。

「これから風雷神門へ繰り出すか。雷神さまに蛇骨長屋に雷を落とさないでくださいと頼もう」

　軽口のつもりだった南天堂のことばに、

「そりゃあいい。雷神さまにお祈りしよう。雷神さまに怒りを鎮めてもらうんだ」

　応じて留吉が呼びかけた。

「拝もう」

「おれたちにできることは、それしかない」

　相次いで権太や助吉が声を上げた。

　歩き出した留吉たちに、住人たちがついていく。

　つられたようにお仲やお時、正太がつづいた。

　呆気にとられて、南天堂が半九郎に顔を向けた。

「いったいどうなってるんだ。おれは冗談のつもりでいったのに」

「余計なことをいったな、南天堂。みんな、雷が落ちて大長屋が焼けたことで、ふつうじゃないんだよ」

　ため息をついて南天堂がつぶやいた。

「仕方ない。おれたちも行くか」

　無言でうなずいた半九郎が、南天堂と肩をならべて歩き出した。

　風雷神門の雷神像の前で、半円状に群れた権太や住人たちが、手を合わせて祈っている。

「冗談のつもり」

　だといっていた南天堂も、お仲もお時、正太までもが拝んでいた。

　そんな住人たちを、

（いままで他人事《ひとごと》だった雷騒ぎが、大長屋に落ちたことで、初めてわが身に降りかかってくるかもしれないものとして感じられたのだ。明日はわが身と、怯える気持ちはわからぬでもない）

　合掌《がっしょう》もせずに群れの後ろに立った半九郎が、そうおもいながら住人たちをじっと見つめている。

六

蛇骨長屋の住まいにもどった半九郎は、雷鳴や稲妻を伴わない落雷について考えつづけた。

(雷ではないのではないか)

とのおもいが強まっている。

が、思案を重ねるうちに、

(名主三人の屋敷も、大長屋も火事になった。すべて轟音を発した後、燃え上がっている。爆薬を仕込んだのか。しかし、誰が何のために、爆薬を仕掛けるのだ。どうやって仕掛けたのだ)

と、雷ではないという推測を打ち消さざるをえなくなっていく。

寝床に入っても、半九郎は、相次いでいる落雷について考えつづけた。

いつのまにか眠ってしまった。

誰かが表戸を叩いている。

忍びやかな音だった。

近所を気遣っているのだろう。

目覚めた半九郎は、立ち上がり大刀を手にとった。

表戸へ向かう。

土間に降り立った半九郎が、用心のため大刀の鯉口《こいぐち》を切り、表戸ごしに声をかけた。

「誰だ」

「早手の親分の使いでまいりました。下っ引きの杵次《きねじ》です」

「朝っぱらから何だ」

表戸を開けた半九郎に、小声で杵次が告げた。

「親分が秋月さんに至急会いたい、といっています。あっしと一緒にきていただけませんか」

「何か起きたのだな」

周りに目を走らせて、杵次がさらに声をひそめた。

「親分の家が見張られているようでして」

「見張られている？　なぜだ」

問いかけた半九郎に、

「わけがわかりません」

こたえて杵次が首を傾げた。

その顔つきからみて、杵次にはまったく見当がつかないのだろう。

「急ぎ支度をととのえる。待っていてくれ」

「ここにいます」

無言でうなずいて、半九郎が表戸を閉めた。


杵次とともに蛇骨長屋を出た半九郎は、上野黒門町《くろもんちょう》の早手の辰造《たつぞう》の住まいへ急いだ。

上野や浅草界隈を稼ぎ場とする掏摸《すり》の親分である早手の辰造は、南町奉行所の同心谷川安兵衛《たにかわやすべえ》から十手《じって》を預かっている目明かしでもあった。

掏りとられた銭入れや巾着《きんちゃく》には、金以外にも大事な書状や証文が入っていることがある。掏摸にとっては、何の価値もない代物だが、掏られた主にとっては、なんとかして取りもどしたい大切な品である場合もある。

そんなとき、掏摸の親分に十手を持たせておけば、蛇《じゃ》の道は蛇《へび》で、いとも簡単に探し出すことができた。

十手持ちとはいっても辰造は、手下の掏摸たちが掏りとった書状や証文などを谷川に差し出すのが主な役目で、捕物や探索には、およそ無縁の岡っ引きであった。

辰造の住まいの近くにやってきた半九郎は、突然立ち止まった。

足を止めて、杵次が訊いてきた。

「どうなさったんで」

「先に親分のところにもどってくれ。おれは家の周りを一歩きして、見張っている奴がいるかどうかたしかめてみる」

「わかりやした。そのこと、親分につたえておきやす」

「そうしてくれ」

「それじゃ、お先に」

会釈《えしゃく》して、杵次が歩き出した。

辰造の住まいの周りを、訪ねる先を探すふりをしながら、半九郎は歩きつづけた。

張り込んでいる者は、すぐに見つかった。

どこぞの藩の勤番とおもわれる武士だった。

住まいの表戸を見つめることができる町家の外壁に、もたれかかるようにして立っている。

本人は身を潜《ひそ》めているつもりなのだろうが、斜め横から見ると見張っているのが見え見えだった。

張り込みになれていないのだろう。

念には念を入れて、半九郎は武士の前の通りを三度行き来してたしかめた。

大事をとった半九郎は、通りからは見えない裏口から、辰造の住まいに入った。

七

奥の座敷に入った半九郎が後ろ手で襖《ふすま》を閉めながら、座っている辰造に声をかけた。

「武士がひとり張り込んでいる。この目でしかと見届けた」

「今日も見張っているのか。一昨日からだ。うっとうしいったら、ありゃしねえ」

腹立たしげに吐き捨てた辰造の前に腰をおろしながら、半九郎が訊いた。

「張り込まれるようなことをしたのか」

渋面をつくって辰造がこたえた。

「こころあたりはある。半月前、下谷《したや》界隈を稼ぎ場にさせている手下のひとりが、こんな文《ふみ》が入った銭入れを掏りとってきたんだ」

脇に置いてあった銭入れを手にとり、なかから一枚の書付を取り出した。

差し出す。

受け取った半九郎は、四つ折りにされていた書付を開いた。

〈目論見《もくろみ》は着々とすすんでいる。さらなる掛かりが必要。急ぎ用意されたし　板倉《いたくら》様　庄司《しょうじ》〉

と記してある。

どこの誰が書いたかわからないが、意味ありげな中身だった。

顔を上げて、半九郎がいった。

「金の無心の文だな。目論見がすすんでいるというところが気になる」

「そうおもうか」

訊いてきた辰造に、半九郎は無言でうなずいた。

いつになく真剣な顔をして、辰造が告げた。

「頼みがある」

「どうしたんだ。そんな顔つき、辰造親分には似合わないぞ」

揶揄する口調の半九郎を、上目遣いに見やって、腹立たしげに辰造が吐き捨てた。

「冗談は無しにしてくれ。聞き流せる気分じゃねえんだよ。その銭入れを掏った手下は斬り殺された。五日前にな」

「殺された？」

驚愕《きょうがく》を抑《おさ》えて半九郎がつづけた。

「話をきこう」

触れんばかりに顔を突き出した辰造が、半九郎を見つめた。

「しばらくの間、おれの用心棒になってくれ」

「用心棒に？」

鸚鵡返《おうむがえ》しをした半九郎に目を据えて、辰造はつづけた。

「十手持ちを張り込んでいるなんて尋常じゃねえ。おれは殺されるかもしれねえ。頼む。用心棒になるといってくれ」

深々と頭を下げた。

初めてみる辰造の姿だった。

しげしげと見つめ、少しの間を置いて、半九郎はこたえた。

「おれには道場の代稽古《だいげいこ》という仕事がある。何くれと面倒をみてもらっている高林《たかばやし》先生からの依頼、一日たりとも休むわけにはいかぬ」

「そこを何とか。頼む、この通りだ」

頭を下げた辰造が、頭上で手を合わせた。

「二六時中、そばにいてほしければ、おれの都合にあわせてもらうしかない。それでよければ、喜んで用心棒を引き受けよう」

「何でもいうことをきく」

顔を上げた辰造が、胸の前で再び合掌した。

「わかった。用心棒になろう」

笑みをたたえて半九郎が告げた。

「ありがてえ」

安堵《あんど》したのか、辰造が破顔一笑した。

第三章　坊主の花簪《はなかんざし》

一

「焼け落ちた大長屋の様子を見に行く。近いうちに蛇骨長屋に雷が落ちるかもしれないからな。ついてくる分にはかまわない。家にいてもいいし、好きにしてくれ」

用心棒を引き受けた後、半九郎はそう切り出した。

聞いた途端、辰造は、困惑をあらわにした。

ため息をついて、いった。

「半さんのそばを離れたくない気分だ。ただし、宵五つまでにはここにもどりたい。

手下たちが掏《す》りとった銭入れや巾着《きんちゃく》の中身をあらためなきゃいけねえ。毎日の決まり事だからな」

「わかった。出かけよう」

腰を浮かしながら、半九郎が脇に置いた大刀を手にとった。


大長屋は昨日と変わらなかった。行き場のない住人が焼け落ちた大長屋を取り囲むようにして座り込んでいる。

大工の心得があるのか、焼け焦げた廃材を拾ってきて、大きめの掘っ立て小屋を作っている者がいる。数人の住人とおもわれる男たちが手伝っていた。何人かが焼け跡に入って、使えそうな廃材を選び出している。

掘っ立て小屋のそばには、運び出した簞笥《たんす》や行李《こうり》が置いてあった。掘っ立て小屋ができたら運び込むのかもしれない。

なかには、昨日と同じ場所に座り込んだまま、身ひとつで途方に暮れている老人もいた。

歩き回る半九郎と辰造を、張り込んでいた武士がつかず離れずつけてきている。

時折、半九郎は武士に目を走らせた。

視線を感じるのか、そのたびに武士はそっぽを向いたり、町家の陰に身を隠している。

尾行になれていないのは明らかだった。

不意に半九郎が足を止めた。

つられたように辰造が立ち止まる。

「どうした?」

「ちょっとな」

前方に目を向けたまま、半九郎が応じた。

大家だろうか、五十がらみの羽織をまとった小太りの男と長屋の住人が立ち話しをしている。

住人は、雷は落ちたが稲光りは見えなかった、と話してくれた錺職だった。

渋い顔で手を横に振って、小太りの男は錺職から離れていく。

ため息をついて、錺職が唾《つば》を吐いた。

歩み寄った半九郎は、錺職に声をかけた。

「やけに機嫌が悪そうだな」

振り向いて錺職がこたえた。

「旦那ですかい、どうにもこうにも、腹が立って仕方がねえんで。大家のくせに何の役にも立たねえ」

「役に立たないとは？」

「大家に『いつ大長屋を建て直してくれるんですか』と訊いたら『それは家主と地主が決めること。私は大長屋の管理をまかされているだけだから、わからない』といいやがった。『雷が落ちて大長屋は丸焼けだ。天災だから、家主、地主も大損している。私も大家の仕事を失うかもしれない。住人も住処《すみか》が無くなった。三方損を絵で描いたような話で、みんな困ってるんだ』と繰り返すだけで話にならねえ」

　錺職のことばに半九郎は、

（どこかで聞いたような話。いずこも同じだ）

　そう胸中でつぶやいていた。

　突然、錺職が腹立たしげに声を上げた。

「おれたちはどうなるんだ。どうすりゃいいんだ」

　そんな錺職に、半九郎はかけることばをおもいつかなかった。

　無言でうなずいて、半九郎はその場を離れた。

　横目で見ると錺職は、再びため息をついて、落ちている小石を蹴っ飛ばしていた。

少し行って立ち止まった半九郎は、つけてくる武士を振り向いた。

錆職に、慰めのことばひとつかけてやれなかった自分に、腹立たしいものを覚えている。

その気持ちが半九郎を、意地悪な気分に駆り立てていた。

じっと武士を見つめる。

隠れる建屋のない、焼け跡沿いの通りである。

武士にできるのは、横を向いて目をそらすことだけだった。

しばし見据えた半九郎に、辰造が声をかけてきた。

「半さん、あの侍野郎、そうとう困ってるぜ。もっとも、おれにしてみりゃ、いい気味だけどな」

にんまりした辰造に、半九郎は応じなかった。

「もう少し、歩き回ろう。五つには、まだ間がある」

さっさと歩き出した半九郎を、

「待てよ。おれから離れないでくれ」

あわてて辰造が追いかけた。

二

あたりには夜の帳《とばり》が降りていた。

ふたりで辰造の住まいにもどってきた半九郎は、表戸の前で立ち止まった。ゆっくりと振り返る。

表戸に手をかけて、辰造が振り向いた。

「まだつけてきているのか」

「いま、おれの目を避けて、あわてて天水桶《てんすいおけ》の陰に隠れた。とりあえず家に入ろう」

「そうだな」

表戸を開けて、辰造がなかに足を踏み入れる。

つづいた半九郎が、戸を閉めて声をかけた。

「すぐ裏口から出る。表の通りへ向かい、武士を見張る。張り込みを終えて引き上げる武士をつけて、どこへ帰るか突き止める」

にやり、として辰造がこたえた。

「おもしれえ。相手がどこに住んでいるかわかれば、動きようがある」

「明日の朝、顔を出す」

「頼りにしてるぜ、半さん」

半九郎が無言で笑みを返した。


昼間いたのと同じ場所に、武士が張り込んでいる。

そんな武士を臨むことができる通り抜けに、半九郎は身を潜《ひそ》めている。

見張り始めて、すでに半刻（一時間）近く過ぎさっていた。

しゃがんでいた武士が、ゆっくりと立ち上がる。

大きな欠伸《あくび》をした。

もう辰造は出かけない、と判断したのか武士が通りへ姿を現す。

ちらり、と辰造の住まいを見やって、武士が歩き出した。

通り抜けから出てきた半九郎が、遠ざかる武士に気づかれぬほどの隔たりをおいてつけていく。

武士は向柳原《むこうやなぎわら》にある武家屋敷の長屋門の物見窓の前に立った。

声をかけている。

大名や旗本の屋敷の連なる一帯だった。

武家屋敷の塀の下に身を寄せて、武士の一挙手一投足に半九郎は目を注いでいる。

さほどの間をおかずに武家屋敷の潜《くぐ》り口の扉が内側から開けられ、武士がなかへ入っていった。

武士の動きに躊躇《ちゅうちょ》がなかった。

その様子から半九郎は、

（武士は、おそらくこの屋敷の住人だろう）

と推断した。

表門の前に歩み寄った半九郎は、じっくりと屋敷を眺めた。

門構えや屋敷の大屋根の規模からみて、一万石余の大名か大身旗本の屋敷とおもわれた。

蛇骨長屋の住まいに、江戸切絵図と武鑑がしまってある。

江戸切絵図をあらためれば、誰の屋敷かはっきりする。

表門に背中を向けた半九郎は、蛇骨長屋へ向かって歩を運んだ。

住まいにもどった半九郎は、行李に入れてある江戸切絵図と武鑑を取り出した。

江戸切絵図を開く。

向柳原の、武士が入っていった武家屋敷は、荻野山中藩《おぎのやまなかはん》の上屋敷であることがわかった。

武鑑を開いて、荻野山中藩について調べる。

石高一万三千石の大名で、藩主は大久保教信《おおくぼのりのぶ》、相模国愛甲郡《さがみのくにあいこうぐん》荻野を領する譜代の陣屋大名と記されていた。

武鑑には、陪臣である、大名の江戸詰の重臣たちの名も載っている。

武鑑の荻野山中藩の家臣のなかに、江戸家老板倉主膳《しゅぜん》の名があった。

〈板倉、主膳〉

胸中でつぶやいた半九郎の脳裏に、銭入れに入っていた書付の宛名、

〈板倉様〉

の二文字が浮かび上がった。

表門の潜り口から屋敷のなかへ消えた武士の所作は、よどみのないものであった。

あの武士は荻野山中藩の江戸詰の藩士。まず間違いない。半九郎はそう確信している。

(荻野山中藩の江戸家老は板倉主膳。武士は江戸家老の指図で動いているのかもしれぬ。しかし)

首を傾げて、半九郎は腕を組んだ。

(荻野山中藩の藩士が、なぜ辰造を見張るのか。書付に書かれたなかみには、よほどの大事が秘められているとしかおもえぬ)

空に目を据えたまま、半九郎は思案の淵に沈み込んだ。

三

翌朝、半九郎は辰造の住まいに出かけた。

奥の間で辰造と向かい合うなり、半九郎が告げた。

「張り込んでいた武士をつけた」

「どこへ帰ったんで」

身を乗り出して、辰造が訊いてきた。

「三味線堀《しゃみせんぼり》の近く、向柳原の荻野山中藩上屋敷だ。表門の物見窓に声をかけたら、なかから潜り戸が開けられた。入っていったところをみると、武士はおそらく荻野山中藩の藩士だろう」

驚いたのか、辰造が声を高めた。

「荻野山中藩の藩士だって。なんで、大名の家来が、おれを張り込んでいるんだ。きな臭いにおいがするな」

首を傾げた辰造が、鼻をひくつかせた。

そんな辰造に、

(荻野山中藩の江戸家老は板倉主膳という名だ、とつたえないで賢明だった。書付の宛先と同じ名字と知ったら、辰造は欲にかられておもいがけない動きをするかもしれない。そう判じたのは間違いではなかった)

と、半九郎はさらにおもいを強めていた。

じっと辰造を見つめて、半九郎がいった。

「一計を案じた。書付を銭入れごと、おれに預けてくれ」

いかにもずるそうな笑みを浮かべて、辰造が応じた。

「銭の臭いがしてきた」

予測どおりの辰造の様子だった。

おもわず苦笑いして、半九郎がこたえた。

「ただし、命がけだ」

「そこが、どうもなあ」

渋面をつくって、辰造がつぶやく。

「危ないことは引き受ける。おれにまかせるか」

問いかけた半九郎に、辰造が身を乗り出した。

「策があるのか」

「銭入れの持ち主を見つけ出し、買い取る気があるとみたら、高く売りつけるつもりだ」

「半さんは、荻野山中藩の誰かが、銭入れの主だと睨《にら》んでいるのだな」

「そうだ。銭入れを掏られたときの場所がはっきりしていれば、そのあたりを稼ぎ場にしている掏摸《すり》たちの親方が誰か、藩に出入りしている町奉行所の与力か同心に調べさせれば、すぐにわかる」

「そうか。それで武士が張り込み出したのか。おもしろくなってきた」

薄ら笑った辰造が、半九郎に目を向けてつづけた。

「まかせた。けど、おれが危ないめにあうことはないだろうな」

「余計な心配はするな、といい切りたいが、そうもいかぬ。が、これだけはいえる。

修羅場《しゅらば》に出くわすのは、おれが先だ。おれに異変が起きるまで、親分は襲われない」

「わかった。用心する時機が読めれば、それなりの手が打てる。銭入れを預けよう」

辰造が脇においてある木箱を引き寄せた。

銭入れを取り出す。

「渡したぜ」

銭入れを辰造が差し出す。

受け取った半九郎が、

「たしかに」

こたえて、懐にねじこんだ。

四

辰造の住まいを出た半九郎は、武士が潜んでいる通り抜けに向かって歩みを速めた。

気づいた武士が、あわてて通りへ出ようとして動きを止めた。

すでに半九郎は、通り抜けの前に立ち塞がっている。

じっと武士を見据えて、半九郎が声をかけた。

「見張っているわけは、この銭入れではないのか」

懐《ふところ》から銭入れを取り出し、武士の眼前に突きつける。

「何の話だ」

こたえて武士が目をそらした。

「ここ数日、張り込んでいたな。今日は、おれたちをつけまわした。しつこくつきまとう理由は、銭入れのなかに入っている、庄司某《なにがし》から板倉某に当てた書付にあるのではないかとおもって声をかけたのだ。とんだ的外れだというのなら、書付ごと銭入れを始末するしかない」

ちらり、と半九郎に目を走らせて、武士が訊いてきた。

「どういう意味だ」

懐に銭入れを押し込みながら、半九郎が応じた。

「この銭入れが欲しくないのなら、辰造親分に十手を預けている南町奉行所の同心に渡すつもりだ。書付には意味ありげなことが記されている。もっと早く町奉行所に届けるべきだった」

焦った武士が、

「それは」

といいかけて、黙り込んだ。

「関心がなさそうだな。そういうことなら話は打ち切る」

背中を向けながら、半九郎が告げた。

「邪魔したな」

歩き出した半九郎を、あわてて武士が呼び止めた。

「待ってくれ」

「待ってくれ、だと」

振り向いた半九郎が、鸚鵡返しをした。

「手紙の受取人に訊いてみる」

「板倉殿にか」

「そうだ」

にやり、として半九郎がいった。

「善は急げだ。いまから受取人のところへ行こう」

「わかった」

武士の顔をのぞき込むようにして、半九郎が告げた。

「実は手元不如意《ふにょい》でな。一刻も早く金が欲しい。この書付と銭入れを、できるだけ高値で買い取ってもらいたいのだ」

「どうなるかわからぬが、話をしてみる」

睨《ね》めつけて、武士が応じた。

五

一歩遅れて半九郎が武士についていく。

武士は、昨夜、半九郎がつけていった道筋をたどっている。

(行く先は、やはり荻野山中藩上屋敷か)

推断しながら半九郎は、初めて向かうふりを装って武士に問いかけた。

「手紙の受取人がいるところは、まだ遠いのか」

振り向くことなく武士がこたえた。

「もうすぐだ」

「そうか」

応じて半九郎は口を噤《つぐ》んだ。

歩き出してから、半九郎と武士が口を利いたのは、これが初めてだった。

ふたりは黙々と歩を運んでいく。


武士は、荻野山中藩上屋敷の表門の前で立ち止まった。

半九郎も足を止める。

振り向いて武士が、声をかけてきた。

「ここだ。ついてきてくれ」

歩き出した武士に、半九郎が呼びかけた。

「待て」

「何だ」

動きを止めて、武士が訊いた。

「なかには入らぬ。無傷で屋敷から、出てこれないおそれもあるからな」

「おれは武士だ。卑怯《ひきょう》な振る舞いはせぬ」

鼻先で笑って、半九郎はいった。

「口では何とでもいえる」

「武士に二言はない」

声を高めた武士に、半九郎が告げた。

「板倉殿に、銭入れと書付を買い取る気があるかどうか訊いてきてくれ。買う気があるのなら、明日昼八つ、浅草寺の仁王門の前で取引しよう。売値は二十両だ。びた一文まける気はない」

見据えて、武士が応じた。

「わかった。おれはおぬしの名を知らぬ。名はなんという」

不敵な笑みを浮かべて、半九郎が見つめ返した。

「人の名を訊く前に、まず自分が名乗るべきであろう」

憮然《ぶぜん》として、武士がこたえた。

「おれの名は、吉沢紀一郎《よしざわきいちろう》」

「秋月半九郎。天下の素浪人だ」

武士に目を据えたまま、半九郎はつづけた。

「板倉殿からの返答を聞きたい。ここで待っている」

「長くかかるかもしれぬぞ」

「いつまでも待つ」
きっぱりと、いいきった。
無言で、吉沢がうなずく
半九郎に背中を向け、物見窓に歩み寄った。

六

藩邸の江戸家老用部屋で、吉沢は上座にある板倉主膳と向かい合っている。吉沢の傍《かたわ》らに、渋い顔つきの目付武田助七《たけだすけしち》が控えていた。

首を傾げて、板倉がつぶやいた。

「二十両か。ちと高い気もするが、蟻の穴から堤も崩れる、という。どうしたものか」

わきから武田が声を高めた。

「斬り捨てましょう。掏摸の仲間に違いない。曰《いわ》くありげな書付が銭入れに入っていたので、かまをかけてきた。そんなところでしょう。一度でも金を出したら、何度もゆすられることになりますぞ」

吉沢が口をはさんだ。

「銭入れを掏られた迂闊者《うかつもの》の私がいえた筋ではないが、ことを荒立てないほうがよいのではないか」

呆れたように吉沢に目を注いで、武田が吐き捨てた。

「弱気な。だから秋月某に藩邸まで押しかけられるのだ」

むかっとして、吉沢は声を荒らげた。

「おぬしは、間違いなく秋月に勝てるのか」

「やってみなければわからぬ」

憮然とした武田に、吉沢がいった。

「万が一、おぬしが斬られたらどうなるとおもう。秋月が駆け込んだら、町奉行所はひそかに調べ始めるかもしれぬぞ。ことが面倒くさくなるだけだ」

「何だと」

睨みつけた武田を、

「何だ」

と吉沢が睨み返す。

そんなふたりを、板倉は眉間に皺《しわ》を寄せ、ため息まじりで見やっている。

その頃、半九郎は近くの屋敷から、のんびりした足取りで歩いてきた中間《ちゅうげん》に声をかけていた。

「すまぬが、教えてもらいたいことがあるのだ」

足を止めた中間が、半九郎の上から下まで、なめるように視線を這わせた。

かまわず半九郎がつづけた。

「仕官の口を仲介され、荻野山中藩の屋敷にやってきた者だ。板倉様に会え、といわれてきたのだが、どんな立場のお人か聞いてこなかった。役職によっては、こんな着流しの格好ではまずいのではないか、とおもい始めてな。もし知っていたら、板倉様のことを教えてくれぬか」

物知り顔で中間がこたえた。

「江戸家老さまだ。ご浪人、いい籤《くじ》を引いたな」

笑みを向けた中間に、半九郎が応じた。

「それはありがたい。足を止めて悪かったな」

会釈《えしゃく》した半九郎に、無言でうなずいて中間が歩き出した。

しばし見送った後、半九郎は表門の潜り口の前にもどった。

ほどなくして潜り口から現れた吉沢が、半九郎に告げた。

「板倉様は、二十両で銭入れごと書付を買い取られる。約束を違《たが》えるなよ」

「喉から手が出るほど欲しい金だ。そちらこそ、心変わりは御免だぞ」

「それはない」

「よし。明日昼八つ、浅草寺仁王門の前で待っている。書付を入れた銭入れは、金と引き換えに板倉様に直接手渡す。そのこと、板倉様につたえてくれ」

「承知した。おれも同行する。異論はないな」

「ない。さらばだ」

告げるなり、半九郎が踵《きびす》を返した。

七

藩邸近くからつけられている。そのことを半九郎は察していた。

たしかめるために、足を止めたり、わざとゆっくり歩いたりする。

尾行してくる者は、歩調を変えるたびに半九郎と同じ動きを繰り返した。

（気づかれてもいいとおもっているのだろう。厄介《やっかい》だな）

身の捌《さば》きが明らかに吉沢とは違っている。

足取りが軽やかだった。

（武術の修練を積んだ者に違いない）

そう半九郎は見立てている。

草双紙《くさぞうし》屋をのぞいたり、小間物屋に立ち寄ったりした。

荻野山中藩の藩士とおもわれる武士は、町家の陰に身を寄せて、半九郎が出てくるのを待っている。

発している気に乱れはなかった。

明らかに暇つぶしをしている半九郎に、じれている様子も感じられない。

（おれの住まいを突き止めるまで、つきまとうつもりだな。あちこち歩き回ってひきずりまわしても、時を無為に費やすだけだ。うまくまかなければ。いい手立てはないか）

思案しながら半九郎は歩きつづけた。

相変わらず武士は、ほぼ同じ隔たりをおいてつけてくる。

いつのまにか半九郎は、浅草寺の風雷神門の前にきていた。

立ち止まり雷神像を眺める。
唐突に、燃え上がる大長屋が脳裏に浮かび上がった。
その火焔《かえん》が、ひとりの男の名をおもい出させた。
浅草に一家を構えるやくざの親分の名だった。
(火焔の大造《だいぞう》)
胸中で、その名を呼んでいた。
次の瞬間、
(火焔一家に行き、時を潰すか。なんなら、一晩ぐらい一家に泊まり込んでもいい)
心でつぶやき、半九郎は歩き出した。

火焔一家の前に立った半九郎は、横目で武士を見やった。
近くの町家の外壁に武士が身を寄せている。
表戸を開けて、半九郎は足を踏み入れた。
戸を閉めて声をかけると、奥から余佐次《よさじ》が出てきた。

「先生、どうなさったんで」

火焔一家の子分たちに、半九郎は剣術を指南してやっている。

そのせいか余佐次ら子分たちは、半九郎を、

「先生」

と呼んでいた。

「つけられている。しばらく話相手になってくれぬか」

問いかけた半九郎に、余佐次が応じた。

「願ってもない話で。あっしの部屋でお相手します」

「町で拾ったおもしろそうな噂話でも聞かせてくれ」

「全部話すと一晩かかりますぜ」

「飽きるまでつづけてくれ」

笑みを浮かべて半九郎が告げた。

部屋で、半九郎が余佐次と胡座《あぐら》をかいている。

半九郎が問うた。

「下谷界隈で稼いでいた掏摸が斬られたことを知っているか」

「耳にしてます。骸《むくろ》が下谷山崎町《やまざきちょう》の路地で見つかったという話で。躰《からだ》のあちこちに刀傷があって、嬲《なぶ》り殺しにあったとか、拷問されたんじゃねえかとか、いろいろな噂が聞こえてきやす」

「躰のあちこちに刀傷が。恨《うら》みでもあったのかな、下手人には」

つぶやいた半九郎のなかに、吉沢の顔が浮かび上がった。

その吉沢に銭入れと書付がかぶった。

（ひょっとしたら、近くに庄司某の住まいがあるかもしれない）

そうおもった半九郎は、たとえ的外れでも、訊くべきだと判じた。

「庄司某という者が、骸が見つかったあたりに住んでいないか」

「庄司？　聞いた名ですね」

首を傾げた余佐次が、うむ、とうなずいた。

「岡場所で見世を出している茶屋や局《つぼね》見世など、女を売り物にする商《あきな》いをやっている連中の相談にのっている、庄司商道塾という商いの学問所があります。塾は塾長の庄司東内《とうない》先生の住まいを兼ねています」

「庄司東内について、ほかに知っていることはないか」

「触れ込みでは、庄司先生は吉原を開いた庄司甚右衛門《じんえもん》の分家の末裔《まつえい》だという話です。潰れかかった茶屋や局見世、居酒屋を何軒も建て直して繁盛させたと聞いていますます。さすがに庄司甚右衛門の血筋だ、ものが違う、となかなかの評判ですぜ」

「茶屋などの、商いの相談役か」

つぶやいて半九郎が口を噤んだ。

まさしく怪我の功名だった。予想だにしなかった庄司東内の話に、半九郎は書付の手がかりのひとつを得たと推断している。

顔を向けて、余佐次に訊いた。

「庄司商道塾の場所を知っていたら案内してくれ」

「いまから行きやしょう」

余佐次が腰をうかせた。

第四章　三五の十八

一

つけてきた武田は、半九郎とやくざがすすんでいく道筋に驚いていた。

（このままいくと庄司商道塾にたどりつく。わが藩とのかかわりを探りにいくつもりか）

首を傾げながら、胸中でつぶやいていた。

町家の外壁に身を寄せて、武田は目を凝《こ》らした。

案の定、半九郎たちは庄司商道塾の前に立っている。

「ここで待っていてくれ。庄司殿に訊きたいことがあるのだ」

そう告げた半九郎を、余佐次が怪訝《けげん》そうに見つめた。

「何かあったんですかい、庄司先生と」

にやり、とした半九郎が、

「ちょっとな」

と、表戸に開けた。

声をかけようともせず、戸を開けて堂々と入っていく半九郎を、余佐次が呆気にとられて眺めている。

(彼奴《きやつ》、何をしようというのだ)

心中で呻《うめ》いて武田が瞠目《どうもく》した。

「庄司殿はご在宅か」

呼びかけた半九郎に応じて、板敷き脇の部屋から、三十がらみの袴《はかま》姿の弟子らしい男が出てきた。

「どんなご用ですかな」

「庄司殿から荻野山中藩の板倉殿にあてた書付を拾った者だ。たしかめたいことがあるのでお会いしたい」

「名を訊きたい」

「素浪人秋月半九郎と申す。庄司殿とは面識がない」

困惑をあらわに男がこたえた。

「お取り次ぎできませぬ。お帰りください」

「板倉殿の配下の方とは何度も話をしている。庄司殿の出方次第では、厄介《やっかい》なことになるが、それでもよろしいか」

薄ら笑った半九郎に、気圧《けお》されたか男が怯《おび》えて身を固くした。

「暫時《ざんじ》、お待ちください」

あわてて奥へ消えていく。

すぐに男がもどってきた。

「お会いになるそうです。案内します」

「御苦労」

草履《ぞうり》を脱いだ半九郎が板敷の上がり端に足をかけた。

接客の間で、庄司東内と半九郎が相対している。

細身だが、長身で引き締まった躰《からだ》付きの庄司は、四十半ば、髪を惣髪《そうはつ》に結《ゆ》い上げた、細い目、薄い唇、鼻筋の通った細面の顔立ちだった。

いかにも冷徹そうなその風貌は、見世《みせ》の立て直しなどを頼みにくる者にしてみれば、何事も冷静沈着に判断してくれる頼りになる相手と映っているに違いない。

それが半九郎が抱いた印象だった。

「話を聞こう」

いきなり切り出した庄司に、半九郎が銭入れに入っていた書付について話した。

銭入れをどうやって手に入れたかについては、曖昧《あいまい》にしてある。

聞き終えて庄司が問うてきた。

「その書付が、なぜ私から荻野山中藩の板倉殿にあてたものだとおもわれたのか」

半九郎が応じた。

「明日昼八つ、浅草寺仁王門の前で板倉殿と会う。気が向いたら顔を出したらどうだ。これが、問いかけにたいする返答だ」

「それは、どういう意味かな」

探る目の庄司に、意味ありげな笑みを浮かべて半九郎がいった。

「おれにも岡場所でやったら儲《もう》かる商いを教えてくれ。一儲けしたいのだ。これで引き上げる」

腰を浮かせた半九郎に、

「送ろう」

庄司が立ち上がった。


土間に降り立って半九郎が笑いかけた。

「いずれまた」

板敷きの上がり端に立った庄司が、そっけない口調でこたえた。

「縁があればな」

無言で見つめて、半九郎が背中を向ける。

出て行く半九郎が表戸を閉めた途端、見送っていた庄司が背後を振り向き、目配せする。

板敷きとの仕切りの襖《ふすま》の陰から顔を覗かせた浪人が、剣呑《けんのん》な顔つきで大きく顎を引いた。

二

庄司の背後にある襖の向うに身を潜《ひそ》めている者がいることを、半九郎は気がついていた。

庄司商道塾を出て余佐次とともに歩いていく半九郎を、何者かがつけてきている。その気配が、途中から強く感じられるようになった。

(つけてきた武士と、庄司に命じられて尾行し始めた者が合流したのかもしれない。おれの推測どおりだったら、書付と庄司にかかわりがある証《あかし》だ。じれて仕掛けてくるまで、さんざん引き回してやるか)

そう決めた半九郎は、余佐次に話しかけた。

「閑《ひま》か」

顔を向けて、余佐次が応じた。

「今日は、何もやることがありやせん。先生は」

「おれも、特に用はない。ふたりで町をぶらつくか」

困ったのか、余佐次が顔をしかめた。

「つきあいたいんですが、親分から小遣いをもらってこなかったし、実のところ素《す》寒貧《かんぴん》なんで」

　申し訳なさそうに頭をかいた余佐次に、半九郎が笑みをたたえていった。

「多少持ち合わせがある。蕎麦《そば》屋や一膳飯屋、安い見世でよければおごろう。つきあうか」

「ほんとですかい」

　破顔一笑して、余佐次がつづけた。

「先生におごってもらったなんて親分にいったら『たかる相手が違うんじゃねえか。子分の借りは、おれの借りだ。先生にご馳走しなきゃならねえ。高くつくじゃねえか。馬鹿野郎』ってどやされます」

「よく似ているぜ、親分の物言いに。おれから馳走になったなんて、親分にいわないことだ。おごりかえされたら、おれも困る。たまたま今日は金があるが、いつもは、今日の余佐次同様、素寒貧だ。おごり返せない」

「先生にご馳走になったことは、親分には内緒にしておきます」

「おれも誰にもいわぬ」

「先生とあっしだけの、内緒ごとですね。うれしい話だ」

「どこへ行く。蕎麦屋にするか。一膳飯屋でもいいぞ」

「そうですね」

小首を傾げて、余佐次が声を上げた。

「すきっ腹だし、いろいろ食べられる一膳飯屋にしやしょう」

「少し歩いてもいい。余佐次が、行きつけのうまい一膳飯屋に連れていってくれ」

「まかしといておくんなさい。安い見世なら、仰山《ぎょうさん》知っておりやす」

浅草奥山近くの一膳飯屋で、のんびりと昼飯を食べた半九郎と余佐次は、駒形堂《こまがた》まで足をのばし、大川沿いをぶらついた。

時の鐘が夕七つ（午後四時）を告げた後、半九郎が話しかけた。

「安くてうまい居酒屋を知っているか」

「この界隈はあっしの庭みたいなもので。親父がおもしろい見世か、肴《さかな》がうまい見世か、少々汚いのを我慢してもらえれば、とびきり安い見世へご案内しますぜ」

はずんだ声で余佐次がこたえた。

「肴がうまい、とびきり安い見世にしよう」

半九郎が、にやりとした。

相変わらず、浪人と武士がつけてきている。

（御苦労なことだ）

辻を曲がるときに目を走らせては、ふたりの姿をかいま見る。半九郎は、つけられていることを楽しんでいた。

一刻（二時間）余、聖天町《しょうでんちょう》の居酒屋で安手の酒と安値の割りにはうまい肴を味わった半九郎と余佐次は、見世を出たところで足を止めた。

すでに夜の帳《とばり》が降りている。

「ここで別れよう」

告げた半九郎に、

「すっかりごちになりやした」

壺《つぼ》を上げる格好をして、余佐次がことばを継いだ。

「博奕《ばくち》で一稼ぎしたら、声をかけやす。そんときは、気持ちよくごちになってくださせえ」

「その日を待っているぞ」

笑みを浮かべて、半九郎がいった。

何度も振り返っては頭を下げながら、余佐次が遠ざかっていく。

その姿が闇に溶け込んだのを見届けて、半九郎は足を踏み出した。

しばらく見送っていたのは、つけてきたふたりがどこに潜んでいるか気配を探るためだった。

（向かい側の建屋の陰にいる）

そう判じて、半九郎は歩き出した。


通りすがりの神社に、半九郎は入っていった。

つけてきた武田と浪人が、思わず顔を見合わせる。

尾行に気づかれたか。たがいの目が語っている。

早足になった武田と浪人が、鳥居をくぐって境内に踏み入った。

足を止め、半九郎の姿を求めて見回す。

そのとき、声がかかった。

「御両所、御苦労」

ぎくり、として、武田と浪人が振り返る。

ふたりが息を呑んだ。

鳥居を背に半九郎が立っている。

「ひとりは荻野山中藩の上屋敷近く、もう一方は庄司商道塾から、塾の近くで行をともにしてつけてきたな。わけを訊こうなどと野暮なことはいわぬ。明日昼八つ、浅草寺仁王門の前で待っていると板倉殿と庄司殿につたえてくれ。それとも、ここで話をつけるか」

不敵な笑みを浮かべて、半九郎が大刀の柄《つか》を軽く叩いた。

ふたりが顔を見合わせる。

視線を半九郎にもどして、浪人が告げた。

「それには及ばぬ。おれたちは、しばらくここにいる。立ち去ってくれ」

じっと見つめて半九郎がこたえた。

「いっておくが、おれはそれなりに腕が立つ。斬り合ったら、相討ちぐらいにはなるだろう。大小二刀を腰から抜いて地に置け。置いたら二十歩後退《あとじさ》るのだ」

「何だと」

いきり立って、武田が大刀の柄に手をかける。

その右手首を握って、浪人がいった。

「いうとおりにする」

「そうはいかぬ」

と声を上げた武田が、突然呻いて、苦痛に顔を歪《ゆが》めた。

浪人が武田の手首をひねっている。

激痛に躰をくねらせて、武田が大きく呻き声を上げた。

「去ってくれ。おれが手出しをさせぬ」

何事もなかったような浪人の口調だった。

「信じよう」

応じて半九郎が背中を向けた。

立ち去る半九郎を、武田の手首をひねり上げたまま浪人が見据えている。

三

歩きながら武田が浪人に話しかけた。

「強いと庄司殿から聞いていたが、山本殿の腕前があれほどとはおもわなかった。最初はさほど強く握られたとは感じなかったが、少し力を加えられた途端、手首から躰《からだ》全体へ向かって激痛が走った。いまでも手首がしびれている」

右手を軽く振ってみせる。

山本と呼びかけられた浪人は、興味なさそうに、ちらり、と武田を横目で見ただけだった。

用心棒として庄司とともに行動してきた山本猪十郎《いじゅうろう》は、四十がらみ、中背で筋骨たくましい、色黒で四角い顔の、濃く太い眉以外はすべて小作りで、どこにでもいるような目立たない顔立ちの男だった。

「人の躰にはツボがある。ツボを攻める術を知っていれば、さほどの力も使わずに相手を牛耳ることができる」

「そんなものか」

「そんなものだ」

こたえた山本に、武田が問いを重ねた。

「秋月の気配を感じぬ。奴がすんなり引き上げたともおもえぬが」

「いずこかへ去ったのだろう。気配がない」

不意に足を止めて、山本が背後に視線を走らせた。

つられたように、武田も立ち止まる。

「姿もない」

つぶやいて、山本が武田に告げた。

「つけてくれれば気配を感じる。身のこなし、物腰からみて、秋月が気配を消す術を身につけているほど、武術を錬磨してきたとはおもえぬからな」

せせら笑って、武田が応じた。

「たしかに。そこそこ腕は立つかもしれぬが、しょせん痩せ浪人。人の弱みをつかんで、ゆすり、たかりをするのがせいぜいの暮らしぶりだろう。まともに剣の修行を積んだとは考えられぬ」

無言のままの山本を腹立たしげに一瞥《いちべつ》し、武田がつづけた。

「拙者《せっしゃ》は藩邸へ帰る。庄司殿に、くれぐれも警戒するようつたえてくれ」

「承知した」

次の辻で、武田と山本は歩みを止めた。

軽く会釈しあっただけで、ふたりは右と左へ別れていく。様子からみて、ふたりはそりがあわないように見えた。

一つ目の三叉路を右へ曲がって、武田の姿が消えた。

そのとき、分かれた辻に面した町家の陰から黒い影が現れた。

影は、気配を消してつけてきた半九郎だった。

遠ざかる山本の後ろ姿に、半九郎が目を凝らす。

つけるべく、歩き出した。

表戸を開けて、山本が庄司商道塾へ入っていく。

通りをはさんで向かい側、町家の軒下に立った半九郎が、後ろ手で表戸を閉める山本をじっと見つめている。

四

蛇骨長屋に半九郎が帰ったのは、まもなく深更四つ（午後十時）になろうかという刻限だった。

路地木戸をくぐり抜けると、住人が十数人集まっている。

群れているのは半九郎と南天堂の住まいの前あたりだった。

よく見ると、お仲やお時、正太に大工の留吉や長吉の姿があった。

歩み寄っていくと、気づいた権太が声をかけてきた。

「遅いじゃないか、秋月さん。待っていたんだよ」

そばにいたお仲とお時が半九郎に顔を向けて、申し訳なさそうに頭を下げる。

何で頭を下げられたのか、半九郎にはわけがわからなかった。

駕籠《かご》屋の権太と助吉が半九郎に近づいてきた。二十代半ばの、見知らぬふたりの男もついてくる。

権太が口を開いた。

「駕籠新《かごしん》の旦那から頼まれて、断り切れなかったんだ。秋月さん、何とか色よい返事をしてくれよ」

「何が何だかわからないのに、返事のしようがないな。どんな話だ」

わきから助吉が声を上げた。

「秋月さんのいうとおりだぜ。おれが話そうか」

不愉快そうに権太が助吉を睨《ね》め付けた。

「頼まれたのはおれだ。おれが話すよ」

「どっちでも同じだろうぜ」

不満そうに助吉が口を尖らす。

無視して、権太が話し始めた。

権太たちの傍《かたわ》らに立っているのは、駕籠新の駕籠舁《か》きの市松《いちまつ》と安三《やすぞう》兄弟で、大長屋から焼け出された身だった。

ふたりは木樵《きこり》をしている年老いた父を、秩父《ちちぶ》から引き取ることになっていた。しかし、老父が江戸へ向かっているさなかに大長屋が焼けてしまった。

「新たに部屋を探して借りるまでの間、蛇骨長屋に居候《いそうろう》させてくれないか」

と、日頃から世話になっている駕籠新の旦那から頼まれたという。

いまではふたりで自前の駕籠を持って商いしている権太と助吉だが、もともとは駕籠新で働いていた。そんなかかわりで、いまでもちょくちょく客をまわしてもらっているという。

ふたりは、所帯持ちで、それぞれ子供がひとりいた。

「おれんところに預かってやりたいが、親子三人でごろ寝している有様だ。市松たちの面倒を見る余裕はねえ。そこでおもいついたのが、独り身の秋月さんか南天堂さんのどちらかに、しばらくの間、ふたりに部屋を又貸ししてもらえないかという話だ」

権太がまくしたてた。

聞き終えて半九郎がいった。

「又貸しするには、大家さんの許しがいるぞ」

したり顔で権太がこたえた。

「大家さんの許しはもらった。その上での相談だ」

「あまりにも急な話、どうしたものか」

ため息をついた半九郎に市松と安三が、そろって声を上げた。

「よろしくお願いします」

深々と頭を下げる。

困惑をあらわに半九郎は告げた。

「返事は、南天堂と話し合ってから、ということにしてくれ」

正直なところ、迷惑千万な話だった。

草同心の役目柄、どこの馬の骨かわからぬ相手に、部屋を明け渡すわけにはいかない。市松と安三が面白半分に半九郎の持ち物をひっくり返し、家捜し同然のことをしでかすかもしれないのだ。

見つけられたら困る品もある。父の死んだときに使ったきりの、草同心の身分を示す鑑札を行李の二重底に隠してある。

急に黙り込んだ半九郎に諦《あきら》めたのか、権太が口を開いた。

「仕方がない。今夜はおれのところで面倒をみるか」

「明日、返答する」

「色よい返事を」

「頼みますよ」

相次いで権太と助吉がいい、

「お世話をかけます」

同時に兄弟ふたりが頭を下げた。


権太たちが去った後、残ったお仲とお時、正太がそばに寄ってきた。

「あたしがお時さんたちを居候させたことで、半さんと南天堂さんをとんでもないめにあわせたみたいで、悪いね」

申し訳なさそうにお仲がいった。

「すみません」

とお時も頭を下げる。

「お仲やお時さんのせいじゃない。権太たちも義理ある相手に頼まれて断りきれなかったんだろう」

「そうはいっても」

再び頭を下げたお時に、半九郎は微笑みで応じた。

視線を正太に移して笑いかけ、

「正太。もう夜も更けた。早く寝ろ」

「眠い」

と、大きな欠伸《あくび》をした。

優しげな眼差しで、半九郎はそんな正太を見やっている。

五

いったん住まいに入った半九郎だったが、権太たちから頼まれたことを考えると、うっとうしくなってしまう。

（早く終わらせたほうがいい）

そう腹を決めた半九郎は、南天堂が出店を出しているところに出かけるべく、土間に降り立った。

東仲町は真夜中にもかかわらず、賑《にぎ》やかだった。明かりを灯《とも》している見世も多い。行き来する人は絶えないが、南天堂の前に立つ者はいなかった。

やってきた半九郎は、柳の木のそばで足を止めた。

（八卦をみてもらう客がくるかもしれない。商いの邪魔にならないように、しばらく様子をみよう）

木の陰に身を隠し、南天堂に目を注ぐ。

退屈なのか、南天堂は拳で軽く肩を叩いたりしている。

（客がつく気配もない）

判じた半九郎は、南天堂に歩み寄った。

声をかける。

「閑そうだな」

うつむいていた南天堂が、びくっ、として、わずかに痙攣《けいれん》した。

顔を上げたものの、目が開ききっていない。うたた寝でもしていたのだろう。

眠気をさますためか、南天堂が数回首を振って、大きく目を見開いた。

寝ぼけ眼《まなこ》だった。

しばし見つめて、声を上げた。

「半さんか」

「権太から頼まれたことがあってな。明日には返答しなければならないのだ」

「おれにもかかわりがある話か」

「そうだ」

こたえた半九郎に南天堂が訊いた。

「どんな話だ」

駕籠新の旦那が権太と助吉に頼んだ、大長屋で焼け出された市松と安三兄弟にかかわる経緯を、半九郎はかいつまんで南天堂に話した。

聞き入っていた南天堂が、

「半さんは、どうしたいんだ」

顔を向けて、問うてきた。

「実のところ、おれの住まいには見ず知らずの人を入れたくないのだ。しまってある親父殿の位牌《いはい》にこっそり触れられても困る。家捜しめいたことをやられるかもしれない。そうおもうと気が滅入る」

苦笑いして、南天堂が応じた。

「わかったわかった。おれの部屋を権太たちの知り合いに明け渡そう。おれが半さんの部屋に居候すれば、家捜しされる心配はなくなるからな。商売道具と家財道具の一切合切を、半さんの住まいに持ち込むが、それでもいいか」

「願ってもない申し入れだ。幸か不幸か、おれは早手の辰造親分から用心棒になってくれと頼まれている。手狭で窮屈なようだったら、おれは時々、辰造親分のところに泊まり込むよ」

揶揄《やゆ》するように南天堂がいった。

「困ったもんだな、半さんも、厄介ごとに、やたら首を突っ込みたがる」

笑みをたたえて、半九郎が応じた。

「因果な性分だ。それに金も欲しいしな」

真顔になって、南天堂が告げた。

「明日の朝、半さんの住まいに荷物を運び込む。権太には、おれが話しておく。半さんは、辰造親分の用心棒の仕事があるだろう」

「そうしてくれるとありがたい。荷物を運ぶのは手伝う」

南天堂が軽口を叩いた。

「当たり前だ。何たって、頼み事の主は、半さんだからな。もちろん、おれの住まいに荷物をもどすときも手伝ってもらう」

念を押してきた南天堂に、

「当然だ。お陰で気持ちが楽になった」

半九郎が笑みを浮かべてつづけた。

「もうひとつ頼みがある」

「何だ」

「成り行きで代稽古を休まざるをえない。嘘も方便。〈体の具合が悪いので代稽古に行けない。申し訳ない〉というなかみの文を書く。高林先生に届けてほしいのだ」

「わかった。駄賃はもらうぞ」

「払う。ただし後払いだ」

「仕方がない。それで手を打とう」

渋面をつくった南天堂に、苦笑いで半九郎が応じた。

六

「客がきそうもないし、早仕舞いしたらどうだ。一緒に帰ろう」

声をかけた半九郎に、厳しい顔で南天堂がこたえた。

「いつも真夜中近くまで商うことにしている。一度でも早仕舞いをすると、客足が遠のく。始めと終《しま》いの刻限を変えない。客商売をつづける者が守らなければいけないことのひとつだ。先に帰ってくれ」

「わかった」

応じて、半九郎は引き上げたのだった。

住まいに帰った半九郎は、文机《ふづくえ》の前に座り、書付の入った銭入れを、しまっておいた木箱からとりだした。

墨をすり、巻紙を文机に置く。

銭入れから書付をとりだした。

筆をとり、文面を書き写す。

(いずれ吉野に見せるときがくる)

そう考えていた。

書き終えた部分を、巻紙から切り離す。

墨が乾くのを待って、半九郎は紙片を自分の銭入れに入れた。

高林先生宛の文も書かなければいけない。半九郎は、再び筆を手にした。

翌朝、南天堂を手伝い、半九郎は商売道具などを住まいに運び込んだ。文を預け、後の始末を南天堂にまかせて、辰造のところへ向かう。

警戒しながら辰造の家のまわりを歩いた後、半九郎は拍子抜けしていた。張り込んでいる者はいなかった。

首を傾げる。

念のため、もう一度見回ったが、やはりいなかった。

(取引を終えるまで、静観すると決めたか)

判じて、表戸に向かって歩を移した。

奥の座敷で胡座《あぐら》をかいた半九郎と辰造が話している。

「今日の昼八つに、浅草寺仁王門の前で、荻野山中藩江戸家老の板倉主膳と落ち合い、銭入れごと書付を二十両で売りつける」

座るなり告げた半九郎に、

「二十両。いい値がついたな。半さんも、商いのやり方がわかってきたようだな」

身を乗り出して、辰造は鼻を蠢《うごめ》かした。

銭の匂いを嗅ぐと、辰造の鼻は半ば反射的に蠢く。

(掏摸《すり》稼業で身についた、癖というやつだ)

それが半九郎の見立てだった。

無言でうなずいた半九郎に、辰造がことばを重ねた。

「山分けだな」

「端から、そのつもりだ」

にんまりと欲の深そうな笑いを浮かべた辰造に、半九郎が訊いた。

「一緒にくるか」

ぶるる、と躰を震わせて、

「荒事は半さんにまかせるよ」

上目遣いに半九郎を見た。

明らかに反応を窺《うかが》っている。

半九郎が見つめ返した。

沈黙が流れる。

ややあって、辰造はずるそうな笑みを浮かべ、身を乗り出した。

「荻野山中藩は小藩の陣屋大名だが、やりようによっちゃあ、よい金蔓《かねづる》になる。今後、どうやって弱みを握って金をしぼりとるか相談しようぜ」

「うまい手立てをおもいつきそうか」

「それを考えるのさ。頭は生きてるうちに使うもんだ」

得意げに頭を指さす。

乗り気を装って、半九郎は上機嫌の辰造を見やった。

あまりの強欲さに、内心あきれ返っている。

七

浅草寺仁王門の前で、半九郎と板倉、したがう吉沢が対峙している。

懐《ふところ》から銭入れをとりだした半九郎が、

「二十両と銭入れを同時に渡し合おう」

油断なく見据えて、板倉がいった。

「その前に、銭入れのなかに私宛の書付が入っているかどうかあらためさせてもらう。書付を見せてくれ」

うむ、とうなずいて、

「もっともだ。これでいいか」

銭入れから四つ折りした書付を抜き出し、開いてみせた。

「たしかに。二十両だ。受け取れ」

懐から紙包みを抜きとった板倉が、包み紙をはがして二十両を差し出した。

半九郎が小判の枚数を目で数える。

「十九、二十。二十枚はありそうだ」

書付と銭入れを突き出す。

小判を半九郎、書付などを板倉が、別の手で受け取った。

半九郎は素早く小判を数え、板倉は書付をあらため四つ折りにして銭入れにしまう。

「これで取引は終わった。ところで」

小判を握ったまま顔を吉沢に向けて、半九郎がことばを継いだ。

「昨日、お仲間に藩邸からつけられた」

狼狽《ろうばい》したのか吉沢が目を泳がせた。

気づかぬふりを装って半九郎が告げた。

「その御仁が、あそこにいる」

腕を上げて、指し示す。

仲見世の軒下にいた武田が、あわてて身を隠そうとする。が、買物をしている客に邪魔されて動けない。

「あれは、おぬしのお仲間だろう」

「それは」

いいよどんだ吉沢に半九郎が告げた。

「おれはあちこちに根城がある。そのひとつ、やくざの一家に出向いたら、子分のひとりが庄司商道塾を知っていた」

その子分に案内させ庄司を訪ねたこと、そこからお仲間と浪人がつるんでつけてきたこと、ふたりといざこざがあった後、別れたとみせかけて浪人をつけたら庄司商道塾に入っていったことなどを話しつづけた。

聞き終えた板倉と吉沢が、顔をしかめて顔を見合わせる。

「これから庄司殿に会いに行く。お仲間と浪人の様子から、板倉殿と庄司殿につながりがあることがはっきりした」

じっと板倉をみつめて、ことばを重ねた。

「おれの推測、間違ってはいないだろう」

「否定はせぬ」

吐き捨てるような板倉の返答だった。

不敵な笑みを浮かべて、半九郎が告げた。

「宵越しの金を持たないのが江戸っ子だ。おれはちゃきちゃきの江戸っ子、つねに金欲しさに走り回っている。庄司殿を訪ね、つけてきた浪人に会い、金を引き出すために一苦労するつもりだ」

「我々とは無縁のことだ。そんな話、聞く必要もない」

突き放したような板倉の物言いだった。

覗き込むように顔を近づけ、ふたりの顔を交互に見つめる。

「また会おう。二十両、ありがとうよ」

さらに吉沢に目を据えて、つづけた。

「お仲間に、よろしくつたえてくれ」

ふてぶてしい笑いを浮かべた半九郎が、ふたりに背中を向けた。

歩き去っていく。

その後ろ姿を、苦々しい面持ちで板倉と吉沢が睨みつけている。

第五章　商いは門門

一

浅草寺仁王門を後にした半九郎は、その足で庄司商道塾に向かった。
半九郎は表戸の前に立っていた。
いきなり腰高障子を開ける。
なかに入り、大声で呼びかけた。
「庄司殿はいるか。秋月半九郎だ。おれは怒っている」
奥から男が飛び出してきた。

「先生は、いまお忙しい」

この間、応対してくれた男だった。

「会えないというのか」

「そうです」

「わかった。なら、おれにも考えがある」

「考え？」

鳩が豆鉄砲を食ったような顔をした。

いきなり半九郎が怒鳴《どな》った。

「さっき板倉殿に、二十両で銭入れごと書付を買いとってもらった。二十両だぞ。庄司殿から板倉殿に宛てた文《ふみ》が二十両になったのだ」

「やめてくれ」

あわてて男が止めようとする。

つかみかかってきた手首を、半九郎がつかんだ。

ねじり上げる。

「痛たたた」

激痛に呻《うめ》いた。

そのとき、

「何の騒ぎだ。静かにしないか」

声をかけながら、廊下の奥から庄司が現れた。

「やっと出てきたな」

してやったりとほくそえんだ半九郎と向き合うように、板敷の上がり端に立って庄司が告げた。

「大声を上げないでくれ。近所迷惑だ。何か用か」

「何か用か、だと」

鼻で笑って、半九郎がつづけた。

「その問いかけ、そのまま庄司殿に返そう」

「何っ」

「昨日、なぜ浪人につけさせた。しかも荻野山中藩の藩士と一緒にだ」

「何のことだ。さっぱりわからぬ」

しらばくれた庄司を見据え、せせら笑って半九郎が告げた。

「おれは、逆にその浪人をつけた。浪人はここ、庄司商道塾に入っていった。知らぬ存ぜぬというのならかまわぬ。今日から表で張り込む。浪人が姿を現すまで待つ。

何事もとことんやる。それがおれの信条だ」

いうなり、踵《きびす》を返した。

腰高障子を開け、外へ出る。

出た途端、表戸が派手な音をたてて、なかから閉められた。

ちらり、と見やった半九郎が、人の出入りを妨げるように、表戸前で仁王立ちになった。

板敷きの上がり端に庄司が立っている。

表戸を凝視していた。

半九郎の影が映っている。

控える男に庄司が声をかけた。

「二刻は過ぎたな」

「過ぎました。さっき、秋月が表に立ってから二度目の時の鐘が鳴りましたから」

「ご近所はもちろん、往来する人たちも、秋月を見て、揉め事があったに違いない、とおもっているだろうな」

「おそらく」

「迷惑な話だ。どうしたものか」

独《ひと》り言《ご》ちて、黙り込んだ。

「仕方ない。秋月と話すか」

つぶやいた庄司が土間に降り立った。


なかから開けられた表戸に半九郎が振り向いた。

顔をのぞかせた庄司が、

「入ってくれ」

と腰高障子を大きく開いた。

向き直って半九郎が告げた。

「おれがつけた浪人に会わせるか。なぜおれをつけたか、わけを訊きたい。会わせると約束するまで、ここを動かぬ」

眉間に皺を寄せて、庄司がこたえた。

「約束する」

「信用できぬな」

嫌みな目つきで庄司を見つめた半九郎が、舌を鳴らして、ことばを重ねた。

「ここで押し問答をしても仕方がないか。入ってやる」

ずかずかと入り込んだ半九郎が、板敷の前で立ち止まって庄司に声をかけた。

「早く会わせろ」

表戸を閉めた庄司が、板敷にいる男に目配せする。

「すぐ呼んできます」

うなずいた男が奥へ引っ込んでいった。

ほどなくして、浪人がひとりで出てきた。

顔を見るなり、半九郎が声をかける。

「おれは秋月半九郎。おぬしの名を知りたい」

浪人が庄司に視線を走らせた。

無言で庄司がうなずく。

ため息をついた浪人が、半九郎を見据えた。

「山本猪十郎だ」

土間から板敷に上がった庄司が口をはさむ。

「当塾は荻野山中藩と商い上のかかわりがある。大名家も、商家や見世も、存続していくためには金がいる。それなりの手立てを指南していくのが、私の商いだ。みょうな勘ぐりはやめて、おとなしく引き上げてくれ」

目を庄司に向けて、半九郎が応じた。

「荻野山中藩とかかわりがあるのはわかった。ここにきたわけをいっておく。おれは、掏摸《すり》の親分と岡っ引きの二足の草鞋《わらじ》を履いている、早手の辰造から頼まれて用心棒になった。その親分の手下が、何者かに殺された。書付の入った銭入れを掏った掏摸だ。おれは下手人を追っている。仇討ちをするつもりだ」

視線を山本に移して問うた。

「殺《や》ったのはおぬしか」

「知らぬ」

目をそらす。

「おぬしの腕前なら、造作もなかったろうな」

「やぶにらみというやつだ。迷惑千万」

「いずれわかる」

皮肉に薄ら笑う。

庄司を見やって、半九郎はつづけた。

「今日のところは引き上げる。またくる」

表戸をあけて出て行く半九郎を、庄司と山本が身じろぎもせず見つめている。

二

歩いて行く半九郎を、堂々と姿をさらして山本がつけてきた。

(揺さぶりをかけた甲斐があった。目障りだとおもってくれた証《あかし》だ)

そう考えながら、辰造の住まいへ向かっている。


座敷で半九郎と辰造が向かい合っていた。

小判十枚の山がふたつ、ふたりの間に置かれている。

「二十両を山分けにして、十両ずつだ。ろくに働きもしないで、分け前をもらうのは悪いような気もするが、儲《もう》けのもとになった銭入れと書付は、おれから出たもの。受け取らせてもらうぜ」

涎《よだれ》を垂らさんばかりの顔つきで、小判の山のひとつを辰造が手にとった。

もう一方に半九郎が手をのばす。

ふたりが、それぞれの銭入れに十両を押し込んだ。

懐《ふところ》に入れて、半九郎が口を開いた。

「今、表におれをつけてきた浪人が張り込んでいるはずだ」

「金の受け渡しが終わったというのに、張り込んでいるのか。何のつもりだ」

吐き捨てて辰造が、独り言ちた。

「やっぱり危ない橋だったな」

半九郎が告げた。

「つけてきたのは山本猪十郎。庄司商道塾の用心棒みたいな浪人だ」

「荻野山中藩の藩士じゃないのか。新手となると、もう一儲けできそうだ」

欲の皮が突っ張ったような目つきで、辰造が顔を突き出した。

次の瞬間、はっ、と気づいてつぶやく。

「待てよ。書付に庄司と書いてあったな。あの文は、庄司商道塾の庄司が書いたものか。岡場所の茶屋などに商いのやり方を指南している男だ。やりようによっちゃ、太い金蔓《かねづる》になるぞ」

目をぎらつかせた。

「そうだな」

こたえた半九郎に辰造が顔を寄せた。

「儲けは山分けだ」

「いいだろう」

「よし、決まった」

上機嫌で、にんまりした辰造に半九郎はいった。

「今夜は泊まる」

「ありがてえ。それなら安心だ」

「ただし、夜五つごろ出かける。五つになったら、稼ぎ終わった手下たちが集まってきて、大勢になるから大丈夫だろう。おれがもどってくるまで一緒にいればいい」

「そうしよう。今夜だけでなく、これからも泊まりつづけてくれ」

「考えてみる」

曖昧《あいまい》な笑みを浮かべて、半九郎が応じた。

夜五つ（午後八時）、手下たちがやってくるのを見届けて、半九郎は辰造の住まいを出た。

張り込んでいた山本が、つかず離れずつけてくる。

半九郎は何度も立ち止まり、振り向いて見つめた。

つられたように足を止めた山本は、視線をそらして動こうとしない。

歩みをすすめた半九郎は、南天堂の出店の前にいた。

無言で右掌を開き、差し出す。

仕草の意味を察したのか、南天堂が虫眼鏡を手にして、半九郎の手相を見るふりをしながら訊いてきた。

「つけられているのか」

「そうだ」

視線で山本を指し示す。

横目で見やった南天堂が、

「柳の木のそばに立っている浪人か」

「そうだ」

「つたえたいことがあるのか」

「今夜は辰造のところに泊まる。駕籠昇きの兄弟のことが気になってな」

「長屋へ帰ってきたら、半さんにつたえることがあったのだ。居候《いそうろう》させた兄弟、どうも気にくわない。今日は、休みをもらっているのか、長屋のなかを、探るような目つきでぶらぶらと歩き回っていた」

「目を離さないでくれ」

「つづけて泊まるようだったら、明日も顔を出してくれ。何かつかめているかもしれない」

「承知した」

「もう少し付き合わないと浪人に疑われるぞ。手相に八卦、占いには、それなりの段取りがある。終わる前に引き上げるのは不自然だ」

「その通りだ。占い賃も払っていかねばならぬな。返してくれよ」

「おたがい金には縁がない身だ。返すとも。それとも文を届けた駄賃にあてるか」

「おれが長屋に帰ったときに話し合おう」

「わかった」

喋《しゃべ》りながら、南天堂が虫眼鏡で半九郎の手相を眺めている。

三

翌日、半九郎は再び大長屋へ出かけた。

蛇骨長屋に強引に住み着いたとも考えられる、市松と安三について聞き込みをかけるためだった。

「ひとりにはなりたくねえ」

と辰造がいいだし、ふたりつるんで外へ出た。

立ち止まってまわりに視線を走らせると、向かい側の通り抜けに山本と見知らぬ町人が張り込んでいる。

気づかぬふりをして、半九郎が歩き出す。

肩をならべた辰造が、

「半さんの様子からみて、張り込んでいる奴はいないようだな」

無言で目を向けただけで、半九郎はこたえなかった。

「そうか。いないか。それはよかった」

独り言のように辰造がつぶやいた。

あえて半九郎は、返事をしなかった。

つけてくる気配はある。

ふたりにしては、感じる気が少なかった。

おもわず首を傾げそうになって、あわてておもいとどまる。

少しでも胡乱《うろん》な動きをしたら、辰造は疑念を抱くに違いない。

つけられていることがわかったら、怖じ気づくに決まっている。

そうなると、

(何かと厄介だ)

と考えていた。

辻を曲がるとき、半九郎は横目でつけてくる相手を見やった。

町人がひとり、建屋の外壁に身を寄せるようにしてついてきている。

(山本がいない。発する気が弱くて当然だ。おそらく、ふたりでつけることはないと判じて、おれたちの顔だけを教えて、引き上げたのだろう)

歩を運びながらそう推測している。

大長屋に着くと、錺職が掘っ立て小屋の前に筵《むしろ》を敷き、木箱を作業台がわりに金具を削《けず》っていた。

　歩み寄って半九郎が声をかける。

「商売道具がそろったようだな」

　手を止めて、錺職が顔を上げた。

「近くにきたんですかい」

「そうだ」

　後ろにいる辰造に目を向けて、訊いてきた。

「こちらさんは」

「気のおけない知り合いだ」

　挨拶《あいさつ》がわりに笑いかけた辰造に、錺職が会釈をした。

「おれの住んでいる蛇骨長屋に、大長屋で焼け出された駕籠舁きの兄弟が転がり込んできたんだ」

「駕籠舁きの兄弟というと、竹吉《たけきち》と次八《じはち》は菱屋《ひしや》長屋へ引っ越したから」

　記憶をたどったのか、一瞬空に目を泳がせて、ことばを継いだ。

「市松と安三のことですかい」

「そうだ。市松たちのほかにも駕籠舁きの兄弟がいたのか、大長屋には」

訊いた半九郎に、錺職が顔をしかめて告げた。

「運のいい奴らでさ。兄弟たちが住んでいたところに雷が落ちたんですぜ。落ちるところをあっしは見たんだ。今あらためて考えてみると不思議なこともあるもんだ」

「不思議なこと？　何がだ」

「二組の兄弟たちが住んでいる二ヶ所に、ほとんど同時に雷が落ちるなんてことがあるなんて、できすぎた話だとおもいませんか。あのときは、ただ驚いてあわてふためいただけだったけど、なんか腑《ふ》に落ちないような」

「腑に落ちない、とは」

再び半九郎が問いかけた。

「二組の兄弟の奉公先は駕籠新《かごしん》という同じ駕籠屋でして。大長屋に引っ越してきたのが一緒で半年前。ほとんど同時に住まいに雷が落ちた。そんな三題噺《ばなし》みたいなこと、ざらにあるもんじゃねえ。そうおもったら、なんか腑に落ちないような気がしたんで」

「そういわれてみりゃ、そんな気もするな」

相槌《あいづち》を打った半九郎を、錺職が笑った。

「何だよ、旦那。急に真面目な顔をしてさ。おれの話を、まともに聞いてもらっちゃ困るぜ。おもいついたまましゃべっただけなんだ。竹吉と次八、市松と安三たちも、おれと同じ、大長屋を焼け出された身だから、へんに疑わないでくれよ。奴らもおれも、雷神さまに祟《たた》られた仲間なんだ。頼むよ」

笑みを返して半九郎がいった。

「与太話みたいなもんだ。本気にするものか。余計な心配するな」

「旦那、貧乏暇無《ひまな》しだ。仕事にもどりますぜ」

「手を止めさせて悪かったな。近くにきたら、また寄らせてもらう」

「近いうちに引っ越しやす」

「どこへ」

「まだ決まってません。大長屋の跡地に買い手がついたんで、地主さんが売ると大家さんがいってました」

「馬道近くのこんないい土地を手放すのか。もったいない話だ」

「本当のところは地主さんも売りたくないようですが、断れない筋からの話で仕方なく、ということらしいです」

「気の毒な話だ。また会いたいな」

「縁があったら、ということにしておきやしょう」

微笑んだ錺職が作業にもどった。

無言でうなずいて、半九郎が歩き出した。

あわてて辰造がついていく。

歩を移す半九郎の足は、山谷堀《さんやぼり》にかかる山谷橋近くの新鳥越町《しんとりごえちょう》にある、菱屋長屋へ向かっていた。

口では、

「本気にするものか」

といったが、錺職の三題噺めいた話は心にひっかかっていた。

他にも気になっていることがあった。

大長屋と蛇骨長屋は、町の一区画ほどの、広大な敷地を有している。竹吉たちが引っ越していった菱屋長屋も大長屋ほどではないが、その七、八割ほどの広さの土地に建てられていた。大きな長屋ゆえ、半九郎は大長屋同様、菱屋長屋のこともよく知っている。

(二組の兄弟は、広大な敷地を有する長屋ばかりを選んで住み着いている。偶然だろうか)

たまたま、そうなったのかもしれない。打ち消すそばから、疑念が湧き出てくる。

（菱屋長屋に行って、竹吉と次八について聞き込みをかけてみよう。何かつかめるかもしれない）

　そうおもい始めてもいた。

　このところ、つねに半九郎のなかによどんでいる疑惑がある。

（稲妻が走らない雷なんて、この世に存在するのか）

　次第に大きくなっていく疑いをもてあましてもいる。

（が、明らかに雷は落ちている。落雷による火事も起きている。何度もだ。それは、雷が落ちている証でもある。しかし、どこか腑に落ちぬ）

　胸中でつぶやいた、

（腑に落ちぬ）

　とのことばが、

「なんか腑に落ちないような気がしたんで」

　という、錺職の話を思い起こさせた。

（疑惑をいだいたことは、とことん調べ上げてひとつひとつ明らかにしていく。それしか手立てはない）

そう決めて、半九郎は足を速めた。

自然と辰造も早足になる。

つけてくる町人も歩調を合わせた。

四

菱屋長屋の路地木戸をくぐった半九郎は、井戸のまわりに集まって身振り手振りを混ぜて話している嬶《かかあ》三人に、近寄っていった。

ついていこうとした辰造が、何をするつもりか計りかねて、少し離れたところで立ち止まる。

そばに立った半九郎を、嬶たちが警戒した目つきで見やった。

「ちょっと訊きたいことがあるんだ」

嬶たちが顔を見合わせる。

年嵩《としかさ》のでっぷりした嬶が口を開いた。

「話せないこともあるよ」

突《つ》っ慳貪《けんどん》ないい方だった。

「野暮用を頼まれてな。駕籠舁きの竹吉と次八の家はどこだい」

「引っ越してきたばっかりの兄弟だね。いま留守だよ。出直してきたら」

そういって、横を向いた。

「なら待つしかないな」

意味ありげに半九郎が薄ら笑った。

四角い顔の嬶が、探るように訊いてきた。

「まさか高利貸しの手先じゃないよね」

「違う」

「そうだよね、あのふたり、きちんと挨拶するし、何よりも真面目そうだ」

もうひとりの嬶が声を上げた。

「酔っ払ってるとこを見たことないし、朝もきっちり出かけていく。洗い物も交代でまめにやっている。たまたま表戸が開いていたんで、通りすがりにちらっ、とのぞいたら、きれいに片づいてる。ふたりとも独り身だ。なかなかできないよね」

「いいことずくめみたいだな。ほんとに、そうなのかい。おれには、そうともおもえないんだが」

奥歯にものが挟まったような半九郎の物言いに、年嵩の嬶が口をはさんだ。

「そういや、長屋で寺子屋を開いている、檜木《ひのき》さんがへんなことをいってたね」

「檜木さん？　おれと同じ浪人かい」

「娘さんとふたりで暮らしている、五十そこそこの、おだやかな人さ。十年以上、近所の子供たちに雀の涙ほどの月謝で読み書きを教えてくれている、ありがたいお方だよ」

　どこか誇らしげに年嵩が応じた。

「檜木さんが、何ていってたんだい」

「井戸端で顔を洗うときに、ちらっとみただけだが、あのふたり、駕籠舁きなのに竹刀胼胝《しないだこ》がある。剣術好きで、道場に通っていたのかな、と首を傾げていらしたんだよ」

「竹刀胼胝？　見間違いじゃないのか」

　考えるような表情を浮かべて年嵩がいった。

「そうかもしれないね。檜木さんも、それ以来、そのことに触れないから」

（これ以上聞き込んでも、新しい話は出てこない）

　そう判じた半九郎は、

「仕方ない。引き上げるか。出直してくるよ」

と、媽たちに背中を向けた。

不意に振り向いた半九郎に驚いたのか、町人が焦って路地木戸の脇に飛び込んで身を隠した。

肩をならべて歩く辰造が、半九郎に話しかけてきた。

「何を調べているんだい」

「親分の手下を殺した下手人《げしゅにん》捜しさ」

「突き止めても、おれには敵《かたき》を討つ気はないぜ」

「見つけ出した敵が、金のなる木になるかもしれないぞ」

「ほんとかい」

顔を向けて、声を高めた。

「なら、多少危ないめにあっても、とことんやるしかねえな。かわいい手下をひとり殺されたんだ。十両だけじゃ間尺《まじゃく》にあわねえ」

欲に目をぎらつかせた。

「その気になってくれて嬉しいよ」

にやり、として辰造を見やった。

五

引き上げる途中、半九郎は南天堂の出店に寄った。暮六つ（午後六時）を過ぎた頃おいで、南天堂は店を出したばかりだった。前に立った半九郎を見て、南天堂が訊いた。

「今日も泊まりかい」

少し離れた町家の軒下に立っている辰造を目で示した半九郎が、右掌を開いて南天堂の眼前に差し出した。

その仕草が、手相を見ている格好をしろ、という意味だと察して、南天堂がいった。

「どうやら辰造親分は、半さんに信用されていないようだな」

「掏摸の親分だ。おれたちとは考え方の尺度が違う。親分も、そのあたりのところはわきまえている。おたがい、わかり合える部分だけをみて、付き合っているのだ」

「それでいい。四角四面に考えたら、浮世が渡りづらくなる」

微笑んだ南天堂に、真顔になって半九郎が告げた。

「とりあえず手相をみるふりをしてくれ。辰造はけっこう疑り深いし、勘もいい。へんな勘ぐりをしかねない」

「厄介だな」

おもむろに虫眼鏡を手にした。

「これでいいか」

うなずいて、半九郎が口を開いた。

「大長屋へ聞き込みに出かけた。おもしろい話を聞き込んだ」

「話してくれ」

大長屋に駕籠新に奉公する二組の駕籠舁きの兄弟が住んでいたこと、二組とも半年前に引っ越してきたこと、駕籠舁きの住まい二ヶ所に同時に落雷したことなどを告げた後、

「蛇骨長屋に市松と安三が押しかけてきたように、もう一組の駕籠舁き兄弟は菱屋長屋に引っ越していた。そこで、おれは菱屋長屋へ足をのばした。嬶たちに聞き込みをかけたら、引っ越してきた兄弟に竹刀胼胝があると、住んでいる浪人がいっていたことがわかった」

黙って聞き入っていた南天堂が、声を上げた。

「駕籠舁きに竹刀胼胝が。ありえない話だ」

「おれもそうおもう。で、南天堂に頼みがある」

「市松と安三の手に竹刀胼胝があるかどうか、調べろというのだな」

「そうだ」

「わかった。で、いつまで辰造親分のところに泊まるんだ」

「わからぬ」

「なぜだ？」

「辰造は命を狙われている」

「命を？」

「長くなるので詳しい話はしないが、いまでも張り込まれている。実は、昨日の浪人の仲間の町人に、つけられている有様だ」

「大変だな」

「着替えがほしい。着た切り雀だからな」

「お仲に届けさせよう。いつがいい」

「明後日の朝、五つ前だとありがたい」

「そうつたえておく」

「明日は顔を出さない。今日も見料を払っていかなきゃならない。ほんとうに返してくれよ」

笑みをたたえた半九郎に、

「心配するな。市松と安三から目を離さないようにする。何かつかんだら、辰造のところに顔を出す」

「朝早くきてくれ。夜遅くまで出かけている」

「わかった。さ、見料を払え」

南天堂が虫眼鏡を掌から離した。

六

町人につけられているのを、住まいに入るまで辰造は気づかなかった。

あてがわれた座敷に入った半九郎は、矢立《やたて》を帯から引き抜く。

懐からとりだした懐紙の束に矢立を置いた。

横になった半九郎は、腕枕をして目を閉じる。

今日聞き込んだ話をおもい起こしていた。

気になることがいくつかあった。

竹刀胼胝のある竹吉と次八は、どこで剣の稽古に励んだのか。

一度見ただけでわかるほどの竹刀胼胝ができるには、かなりの修練を積まなければならない。

素質がなくとも、それなりの業前《わざまえ》になっているに違いない。

（そんなふたりが駕籠舁きをやっている。もっと金になる、剣の業前を生かす働き口があったはずだ）

そんなおもいが、半九郎を捉えている。

もう一組の兄弟、市松と安三の、つねにまわりをうかがっているような目つきが脳裏に浮かんできた。

二組とも、権太たちが何くれと面倒をみてもらっている、駕籠新に奉公している。

（偶然が三つも重なっている。二組の兄弟が駕籠新に雇われたのも、同じときだったら、四つの偶然が重なることになる。権太に訊けば、そのあたりの様子はすぐにわかる）

その考えを半九郎は即座に打ち消した。

話をもちかけた途端、権太から市松たちにつたわると判じたからだった。

大長屋を買い取ろうとしているのは誰なんだろう。買い主を突き止めれば、何のためにに買うのか、推察できるかもしれない。

（地主が断りきれない買い手、だと大家がいっていたと聞いたが）

つかんだすべてが断片で、ただ思考が移ろっていくだけだった。

ため息をついたとき、辰造の部屋のほうから人の声が聞こえだした。

（手下たちが集まってきたのだ。これで辰造に不意に襖を開けられることはない）

心中でつぶやいた半九郎は、むっくりと起き上がった。

矢立から筆を引き出し、束を胡座《あぐら》をかいた太股《ふともも》の上に置く。

懐紙に筆を走らせた。

吉野へのつなぎの文を書き上げた半九郎は、矢立に筆をしまう。

帯に結わえ付けた。

墨を吸わせるために、束の下から引き抜いた一枚を、文の上にのせる。

ゆるく二つ折りした懐紙を、文ごと懐に入れた。

辰造の部屋に向かうべく立ち上がった。

「ちょいと用をおもいだした。出かけてくる。帰るまで、みんなといてくれ」

襖を開けて声をかけると、

「そうかい。待ってるぜ」

手下たちの手前、弱気な態度をみせたくないのか、偉そうに胸を反らして辰造がこたえた。


裏口から出た半九郎は軒下づたいに表へまわった。

まだ張り込んでいるかどうか、たしかめるためであった。

町人の姿はなかった。

(家に入ったのを見届けて、引き上げたのだろう。甘い張り込みだ)

そうおもいながらも、裏口の近くへもどり、路地をたどって歩きつづけた。

姿を見られることのないあたりに達したとき、半九郎は表通りへ出た。

八丁堀の吉野の屋敷へ向かって、歩みをすすめる。

半九郎は、まわりに人の気配がないのをたしかめた。

途中で拾った小石を文に包み、吉野の屋敷の塀のそばから投げ入れる。

耳をすました。

大木の根に当たる音が聞こえた。

もう一度あたりを見回す。

人の姿どころか、犬の子一匹見当たらなかった。

屋敷に背中を向け、半九郎は踵を返した。

七

翌朝、部屋の襖を開け、廊下に立ったまま、半九郎が声をかけた。

「外へ出るな。張り込んでいる町人を差し向けている庄司と談判してくる。荻野山中藩の動きは、いまのところ止まっている。庄司に、これ以上ちょっかいをかけるな、と一文句つける」

出かけようとした半九郎に、神棚を背にして座っている辰造が問いかけた。

「新しい金蔓になりそうな相手は庄司商道塾の塾長か」

「そうだ。面倒なことにはなるまい、とおもっていわなかったが、実は昨日、町人につけられた。朝方、町人は庄司の用心棒と一緒にいた。おれと親分の顔を教えた後、浪人は引き上げたのだろう」

恨《うら》めしげに辰造がいった。

「ひでえな。これからは隠し事はしないでくれよ」

真顔になって半九郎が告げた。

「おれからも頼みがある」

「何だよ」

「強欲な連中を相手の金儲けだ。多少のことでびくつかないようにしてくれ。余計な気遣いをする分、疲れる。肝心なときに、満足な働きができなくなるぞ」

怯《おび》えたように辰造が応じた。

「脅かすなよ。腹をくくる。覚悟を決めるよ」

「そうしてくれ。出かける」

「家ん中に閉じこもっている。手下たちが集まって来るのが待ち遠しいや」

ぼやいた辰造を、無言で見やって半九郎は座敷を出た。

表戸から出ると、町人が昨日と同じところで張り込みをしている。

一瞥《いちべつ》して、半九郎は歩き出した。

ひとりで出かけるのには、わけがあった。

つけてきたら、見張っているのは辰造ではなく、半九郎だということになる。

その見極めによって、今後の動きが変わってくると考えていた。

つけてくる気配を感じる。

（この目でたしかめるか）

いきなり振り返った。

驚いたのか、町人が息を呑んで棒立ちになっている。

「昨日は、ご苦労」

声をかけ、向き直って歩き始めた。


例によって、いきなり庄司商道塾の表戸を開けて入り込んだ半九郎が、奥へ向かってよばわった。

「庄司殿はいるか。秋月半九郎だ。商いの話を聞きたい」

出てきたのは山本だった。

「何の用だ」

薄ら笑って、応じた。

「昨日の朝は、ご苦労でしたな。山本殿の代わりに張り込んでいた町人は表にいる。正直いって目障りだ。今度つけてきたら峰打ちをくれて、足の骨の一本でも叩き折る。町人につたえておいてくれ」

睨《ね》め付けて、山本が告げた。

「えらく機嫌が悪いな。どうしたいのだ」

「いったはずだ。庄司殿と話をしたい」

「会わせぬといったら」

「腕尽くでも会う」

大刀の柄《つか》に手をかけた半九郎に、

「いつでも相手になるぞ」

身構えて山本も柄をつかむ。

そのとき、

「どんな話をしたいのだ」

声がして、廊下の奥から庄司が現れた。

「訊きたいことがふたつある。まず、なぜ辰造親分の家を張り込むのか、わけを知りたい。当方には、見張られる心当たりがないからだ。もうひとつは、荻野山中藩がらみの話だ」

　黙り込んだまま、皮肉な笑いを浮かべている庄司を見据えて、ことばを継いだ。

「だんまりは通用せぬ。山本殿も一勝負したがっている。おれの堪忍袋の緒も切れそうだ」

　じろり、と山本を見やって、さらにつづけた。

「いつ始めてもいいぞ」

「やるか」

　大刀の鯉口を切った山本を、庄司が制した。

「やめぬか。ここは商いを指南する場だ」

　腹立たしげに庄司に視線を走らせて、柄から手を離した。

「仕方ない。話をきこう。上がってくれ」

「ここでいい。座敷に入って座に着いた途端、襖越しに槍で一突きされるかもしれぬからな。庄司殿は、町人におれをつけさせている。信用できぬ」

「なら、この場で話そう。ただし、表戸だけは閉めさせてもらう。山本」

　顎をしゃくった庄司に、半九郎が告げた。

「おれが閉める。戸を閉めに行くふりをして、抜き打ちの一撃をくれるという手もあるからな」

鼻で笑って、応じた。

「好きにしてくれ」

ふたりを見据えたまま後退った半九郎が、表戸に後ろ手をかけた。

「閉めたぞ」

「荻野山中藩とどんな商いをしているか、そのていどのことは話してもいい。辰造の家を見張るのは、動きを封じるためだ。手下を使って、荻野山中藩の藩士の懐を狙うおそれがある。おぬしを使って、板倉様から二十両せしめた。一度味をしめているからな」

「親分のことはわかった。残るひとつについて、話してもらおう」

「荻野山中藩の財政は厳しい。どうしたら豊かになるか指南している」

「そのなかみを知りたい」

「商いは、戦いだ。勝つための手立てを他言する兵法者はいない」

「どうしても訊く、といったら」

「このまま、睨み合うだけだ」

「梃子《てこ》でも動かぬ」

「無言で対峙するしかない。おぬしの気がすむまで付き合おう」

見据えた庄司を、半九郎が、ただ黙然と見つめ返した。

第六章　後車の戒め

一

船宿浮舟で吉野と会うことになっている。

合議に間に合うぎりぎりの刻限まで、半九郎は庄司商道塾で庄司と対峙していた。

「おぬしの気がすむまでつきあおう」

といったきり、庄司が口をきくことはなかった。

「これ以上、ここにいても時の無駄だ。引き上げる」

そう告げて、半九郎は庄司商道塾を後にしたのだった。

浮舟の、いつもの座敷で吉野と半九郎が話をしている。

いままで調べたことを半九郎はつたえた。

聞き終えて吉野が告げた。

「荻野山中藩の江戸家老と庄司商道塾の主《あるじ》庄司東内との間で、何らかの企みがすすめられている。企みは表沙汰《おもてざた》にできないものに違いない。庄司から板倉某《なにがし》宛ての書付を掏《す》った掏摸《すり》が何者かに殺されたこと、板倉がその書付ごと銭入れを二十両で買い取ったのが、その証《あかし》だ、と考えているのだな」

「そうです」

「わしに何を調べてほしいというのだ」

「荻野山中藩の内情です。御奉行は評定所《ひょうじょうしょ》一座に列しておられます。御奉行に動いていただければ、荻野山中藩のおおまかな有様は、すぐ調べられるはずです」

「わかった。御奉行に頼もう。これは秋月の推測でよいが、荻野山中藩は庄司と組んで何を企んでいるのだろう」

「庄司がいままでやってきたことは、岡場所の潰れかかった茶屋や料理屋、局見世《つぼねみせ》などの立て直しです。そのことから考えて、女色を売り物とする商いにかかわることではないかとおもわれます」

予想外だったらしく、吉野が驚きをあらわに問いかけた。

「陣屋大名とはいえ、荻野山中藩は譜代の由緒ある藩だ。まさか、そのようなことを企むとはおもえぬが」

「人には得手不得手があります。庄司は、岡場所がらみの商いには精通しておりますが、ほかの商いの指南をして成果を上げたという話は聞こえてきません。庄司と組む。それは岡場所にかかわる商いをするということにつながります」

「そういわれればそうだな」

「これは、まったくつながりのない話ですが、先日、花川戸町の大長屋に雷が落ち、全焼しました。この長屋に住んでいた二組の駕籠舁きの兄弟のうちの一組が菱屋長屋に引っ越し、もう一組が蛇骨長屋に転がり込みました」

「駕籠舁きの兄弟たちと、荻野山中藩や庄司商道塾に何のかかわりもあるまいが」

苦笑いを浮かべた吉野に、半九郎が応じた。

「何棟かある大長屋の、その兄弟二組が住んでいたところに雷が落ちたのを見た者がおります。それもほとんど同時にです」

「偶然であろう」

「二組が大長屋に引っ越してきたのは半年前。奉公先はともに駕籠新です」

「偶然が三つ重なったわけか」

独《ひと》り言《ご》ちた吉野に、半九郎が告げた。

「これから先の話は、まったく私の推測以外の何ものでもありませんが。二組が住んでいた花川戸町の大長屋、一組が引っ越した山谷堀に架かる山谷橋近くの菱屋長屋、もう一組が転がり込んできた蛇骨長屋。この三つの長屋から見て、浅草寺の向こう側には新吉原があります。そのことに、浮舟に向かう途中で気づきました」

「それにどういう意味があるのだ」

訊いてきた吉野に半九郎がこたえた。

「すでに大長屋の跡地には買い手がついております」

「買い手が？」

「万が一、菱屋長屋と蛇骨長屋に雷が落ちて全焼し、その跡地を大長屋の買い主が買いとって、女色を売り物にする岡場所をつくったとしたら、新吉原へ遊びに行く客の何割かは、そこに流れるのではないかと」

首を傾げて、吉野がいった。

「もし、そのようなことを荻野山中藩と庄司某が企んでいるとしたら、大変なことだな。しかし、企みの根もとは、すべて落雷による火事だということになる。雷が落ちて、長屋が丸焼けにならぬかぎり前にすすまぬ話ではないか」

「そのとおりです」

「そのとおりだと、そんな馬鹿なことを」

はっ、と気づいて吉野が声を高めた。

「相次ぐ落雷騒ぎは、仕組まれたものではないか。秋月は、そうおもっているのだな」

「引っ越してきた駕籠昇きの兄弟に竹刀《しない》胼胝《だこ》があるといっている、菱屋長屋で寺子屋を開いている浪人がいます。あくまでも聞き込みをかけた嬶《かかぁ》の話ですが」

うむ、と呻《うめ》いて、吉野が応じた。

「どうにも解せぬ。騒ぎを起こすにしても、どうやったら雷を落とすことができるのだ。そんなことができるとはおもえない。秋月の話、証でもないかぎり、信じられぬ」

「どうして落雷とみせかけたか、そのことをどう解明したらいいか、私にも考えつきませぬ。これから、そのことを明らかにするために探索をつづける。それしか手立てはありません」

「わしには、雷が落ちたように見せかける術《すべ》があるとはおもえぬ。そのこと、聞かなかったことにしておこう」

「仕方ありませぬ。あくまでも私の推測にすぎぬことでございます」

じっと見つめて、吉野がいった。

「秋月、少し休め。無理をすれば、判断する力も失せるぞ」

「疲れてはおりませぬ。これ以上、雷が落ちつづければ、いつ大火になってもおかしくありません。まず警戒すべきは菱屋長屋、次は蛇骨長屋かと」

「菱屋長屋に雷が落ちて焼けたら、秋月のいうことを信じる気になるかもしれぬ。が、雷を落とす手立てがわからぬかぎり、疑念は残る」

「ひとつひとつ事実を積み重ねて、証を立てるだけです」

「その日がくるのを、待っておるぞ」

吉野が微笑んだ。

「お頼みしたこと、早めに調べていただきたく」

「わかった。固い話はここまででよいか」

「すべて話し終わりました」

「なら、うまいものでも食おう」

「馳走になります」

笑みをたたえて半九郎がこたえた。

浮舟で半九郎と吉野が話し合っている頃。

二

荻野山中藩上屋敷の江戸家老用部屋では、急遽やってきた庄司と板倉が向かい合っていた。

武田、吉沢が板倉の斜め脇左右に控えている。

座に着くなり、庄司が口を開いた。

「秋月半九郎なる浪人、何かと目障り。できるだけ早く始末をつけたほうがよろしいかと」

「穏便にすませようと、書付を買い取ってやったのが裏目に出た。生かして置いたら害になる奴、息の根を止めるべきだろう」

庄司が問いかけた。

「例の方たちを動かしますか」

「庄司殿のかかわりのある者ばかりを動かして、心苦しい気もするが、例の衆に働いてもらうのが、一番の策だろう」

「余分に金がかかりますぞ。それも即金で」

「いかほどだ」

「二百両」

驚いたのか、板倉が目を剝《む》いた。

「法外な。たかが痩せ浪人ひとり。三十両でも高いくらいだ」

冷えた目で、庄司が見据えた。

「秋月の身のこなし、大刀の柄を握ったときの迅速な動き。一対一でやりあったら、相討ちがいいところ。腕自慢の武田さんでも、数太刀、打ち合えたら上出来でしょう、と山本がいっておりました」

わきから武田が声を上げた。

「それほどの腕とはおもえぬ。拙者《せっしゃ》が秋月を斬る。負けるとはおもわぬ」

表情ひとつ変えずに、庄司が応じた。

「ならば、まず武田さんが秋月暗殺に出向かれたらいかがか。止めはいたしませぬ」

「やるとも。必ず秋月を斬ってみせる」

板倉が口をはさんだ。

「止めぬか、武田。万が一、敗れたときには、私闘として家名断絶の憂き目にあうかもしれぬぞ」

「それは、困ります。御先祖様に申し訳ない」

「なら、軽挙はせぬことだ」

話が一段落したのを見届けて、庄司がいった。

「三十両では、例の方たちは引き受けないでしょう。私のほうには、秋月を確実に仕留めることができる者の心当たりはございません」

焦ったように、板倉が声を高めた。

「武田は江戸屋敷では三本の指に入る遣い手だ。その武田が負けるかもしれぬという秋月を仕留める藩士はおらぬ。何とかしてくれ」

「例の方たちしかおりませぬ。無理でございます」

渋面をつくって板倉が呻いた。

「どうしても二百両必要か」

「必要です」

「前金で百両。秋月を仕留めたら後金で百両。これでどうだ」

「いいでしょう。できれば、いま百両預けていただけますか」

「いますぐか」

「明日でもかまいませぬ。私の手元に百両届いてから、例の方たちに話を持ちかけます。遅れれば、その分、手配が遅れます。申し上げておきますが、秋月は大長屋に聞き込みをかけ、何事か気づいたらしく菱屋長屋にも足をのばしました」

「菱屋長屋にも行ったというのか。何かつかんだともおもえぬが」

　不安げに顔をしかめた板倉に、庄司が告げた。

「すでに大長屋買い取りの話はすすめております。地主は遊び好きの五十男。地回りのやくざに女がらみの弱みを握られています。そのやくざを手なずけておりますので、間違いなく買えます。ただ心配なのは」

「我が藩で目論見《もくろみ》に必要な金をそろえることができるかどうか、不安だというのか」

　その問いかけにはこたえず、控える吉沢に視線を走らせて庄司がいった。

「商いの面倒をみている浅草の茶屋の主人から、引き合わせたいお方がいる、といって仲立ちされた吉沢さんから『荻野山中藩の財政を豊かにするための手立てを指南してもらえぬか』と持ちかけられたのが始まりでした」

「庄司殿が持ちかけてきた、吉原の客を二、三割は横取りできる目論見にわしは乗った。資金はすべて用意すると約定《やくじょう》した。間違いなくそろえる。武士に二言はない」

「最低一万両は必要ですぞ。大長屋、菱屋長屋、蛇骨長屋の跡地に遊び場をつくり、茶屋や局見世など女色と酒を商う。土地を貸し出すだけでも儲かるし、実態は荻野山中藩所有の、庄司商道塾肝いりの見世も何軒か営んで利を得るのが狙い」

「よい土地を手に入れるために、例の衆に落雷騒ぎを仕組んでもらい、雷神の祟《たた》りなどという噂を流して、広大な敷地を有する長屋に雷が落ちたように見せかけ、全焼するように仕掛けるという企み、いまのところ、うまく運んでいる」

「私は心配しております。いまでも必要な元手が遅れがち。そのうち金が手配できぬのではないか、と案じております」

渋面をつくって板倉が告げた。

「心配はいらぬ。わしの一存で、藩札を大量に発行することができるように殿の許しを得ておる。国元の分限者《ぶげんしゃ》たちに藩札を押し売りしているところだ。じき金が集まる」

「それを聞いて安心しました。それでは、まず百両預けていただけますか」

「いますぐか」

「金があれば、今夜のうちに手配できます。数日のうちに例の方たちが秋月を始末してくれるでしょう」

「わかった。用意しよう」

顔を吉沢に向けて、ことばを重ねた。

「吉沢、宿直《とのい》の勘定方に命じて百両、整えさせろ。わしの命令だといってな」

「承知しました」

忌々《いまいま》しげに庄司に目を走らせて、吉沢が立ち上がった。

三

翌朝五つ（午前八時）前に、大きな風呂敷包みを抱えて、辰造の住まいにお仲がやってきた。

「半さん、いるかい」

かつて辰造の手下の女掏摸だったお仲は、勝手知ったる他人の家よろしく、さっさとなかへ入り、板敷の前に立って声をかけた。

「こっちだ」

あてがわれた座敷の襖《ふすま》を開け、躰《からだ》を乗り出して半九郎が大声で応じた。

「いま行くよ」

草履《ぞうり》を脱いだお仲が、板敷きの上がり端に足をかけた。

「着替えを持ってきたよ。あたしなりに適当に選んだんだ。気に入るといいけどね」

半九郎の前に置いた、風呂敷包みの結び目を解いた。

開くと、下衣から小袖まで一通り揃っている。

「十分すぎるくらいだ。ありがたい」

「着替えてくるといいよ。汚れものは、持って帰って洗っておくから」

「隣の部屋が空いている。すぐに終わる」

小袖と下衣を、風呂敷に重ねて置かれたもののなかから選び、半九郎が立ち上がった。

もどってきた半九郎が、ふたりの間に汚れものを置きながら座った。

お仲に笑いかける。

「やっと着たきり雀から解き放たれた。気持ちがいい」

袂《たもと》から別の風呂敷を取り出したお仲が、

「洗っておくよ」

と、汚れものを包む。

風呂敷の四隅を結びながら、ことばを継いだ。

「蛇骨長屋の暮らしになれてきたとみえて、正太ちゃん、元気になって、はしゃぎすぎるくらいの勢いで動き回っているよ。いたずらして迷惑かけないか、あたしもお時さんもはらはらのしどおし」

「それはよかった。男の子は、元気すぎるくらいでちょうどいい」

笑みをたたえた半九郎に、お仲が心配そうにいった。

「ところが昨夜、みょうなことをいいだしてね」

「みょうなこと？」

「正太ちゃん、夜中におしっこしたくなるんだよ。厠《かわや》が遠いから、子供のことだしいいだろうとおもって、家の前で用を足させているんだけど、昨夜、用を足してもどってきた後『隣の屋根の上で、黒い影が動いていた。幽霊だよ、きっと』と怯《おび》えているのさ」

「黒い影が屋根の上に？」

「いままで幽霊なんて出たことないよ。見てくるね、といってあたしが外へ出たんだけど、何も見えないのさ。もどって、いなかったよ、といったら正太ちゃんは『見た』って言い張るんだ」

「隣というと、おれや南天堂が住んでいる棟のことだな」

問いかけた半九郎に、お仲がこたえた。

「そうだよ。正太ちゃんたら、今朝は今朝で『怖いよ。ひとりでいたくない』といまにも泣き出しそうなのさ。困っているんだ」

「大変だな」

一瞬思案した半九郎が、閃《ひらめ》いたのか、顔をお仲に向けて告げた。

「南天堂に預かってもらえばいい。おれがそういっていたとつたえれば、南天堂は頼みをきいてくれるはずだ。お仲かお時さんのどちらかが、南天堂が出かける前に帰ってくればいいだけの話だ」

「そうだね。南天堂さんに頼んでみる」

「そうしろ」

「わかった」

うなずいてお仲が、つづけた。

「仕事があるんで蛇骨長屋に帰らなきゃいけない。親分に挨拶してくるね」

洗い物を包んだ風呂敷を手にして、お仲が立ち上がった。


「またくる」

「いつ帰れるかわからない。着替えを頼む」

表戸の前まで送りにきた半九郎に会釈して、お仲が歩き出した。

外へ出たときに、半九郎は気づいていた。

町人が相変わらず張り込んでいる。

素知らぬふりをして、半九郎はなかにもどり、表戸を閉めた。

すぐに細めに開け、表戸の隙間から見つめる。

張り込んでいた通り抜けから出てきた町人が、お仲の跡をつけはじめた。

ほどよい隔たりのところまで遠ざかったのを見届けて、半九郎は表へ出た。

つけていく。

町人は、お仲とおれが知り合いだと判じたのだろう。お仲の住まいを突き止め、時と場合によっては、お仲を捕らえて責め立て、おれのことを聞きだそうとするかもしれない。

その動きに、半九郎はいままでとは違った、新たな展開が始まったような気がした。

新たな流れに、正太が見た、

〈幽霊に見えた黒い影〉

が、かかわっているような気もする。

(明日の晩にでも、密かに蛇骨長屋にもどって、黒い影が出るかどうか調べてみるか)

そうおもいながら、歩を運んだ。

四

(ここで足止めしよう。もう少し行ったところに、お仲の髪結いの贔屓《ひいき》筋が住んでいる。聞き込みでもかけられたら、お仲が蛇骨長屋に住んでいることがわかるおそれがある)

そう判じた半九郎は、小走りになった。

つけることに必死なのか、町人は近寄ってくる半九郎に全く気づいていない。

肩をならべた瞬間、

「おい」

と、半九郎が呼びかけた。

振り向いた町人が、驚愕して、身を固くする。

焦って、逃げようとした町人の手首を半九郎はつかんだ。

「おれにつきあえ」

薄ら笑った半九郎から、逃れようと町人がもがいた。

「痛い目をみたいか」

つかんだ手首をねじる。

町人が呻いた。

半九郎が告げる。

「ふたりだけで話し合えるところに行くか」

「手を離せ」

「離したら逃げるだろう」

「止めろ」

「おれの伝言は聞いたな」

「聞いた」

「なら、覚悟の上でやっていることだな。骨を折るぞ」

さらに力を込める。

「勘弁」

「こい」

手首をつかんだまま歩き出した。

あらがう気力も失せたか、町人は引っ張られていく。

間近な寺の境内で、手首をつかんだままの半九郎と町人が、斜向かいに立っている。

「名を訊こう」

「平六《へいろく》」

「庄司殿の手先だな」

視線をそらした。

その瞬間、半九郎が強く手首をねじり上げる。

「痛たたた！」

躰をくの字に曲げて、平六が絶叫した。

「これから庄司殿に会いにいく」

手首を離すことなく歩き出した。

苦痛に顔を歪《ゆが》めて、平六がしたがっていく。

五

庄司商道塾の土間に、平六の手首をつかんだ半九郎が立っている。

板敷きの上がり端に立った庄司と山本が、怒りの目で見据えていた。

「辰造親分の家を平六に張り込ませるには、それなりのわけがあるはずだ。得心が行くまで、ここを動かぬ」

声を高めて、庄司が応じた。

「理由はある。秋月殿の狙いが奈辺にあるか探るためだ」

「おれの狙いを探るだと。笑わせるな」

「私の商いを邪魔する輩《やから》は多い。そのうちの誰かが、おぬしを差し向けたのではないか、と疑っている。何せ、おぬしの住処《すみか》は、掏摸の親分でありながら、御上から十手を預かる、二足の草鞋《わらじ》を履く破落戸《ごろつき》の住まいだ。様子を探りたくなるのは当たり前だろう」

鼻で笑って、半九郎がこたえた。

「その話には無理がある。もともとは掏摸に銭入れを掏られた、どこぞの藩士の不始末が始まりだ。その掏摸をどこの誰か知らぬが斬り殺した。手下が殺されたのだ。下手人を突き止めて、敵《かたき》を討とうとするのは自然の成り行きだ。掏った銭入れには、庄司殿から板倉殿に宛てた曰《いわ》くありげな書付が入っていた」

せせら笑って、庄司がいった。

「曰くありげとおもうのは、おぬしらの勝手。ただの商いにかかわる文《ふみ》だ」

「その書付を、板倉殿は二十両で買い取ったのだ。ただの商いの文に、大枚をはたく馬鹿はいない」

「板倉様は、小藩とはいえ、れっきとした大名家の江戸家老だ。ことばが過ぎるぞ」

「人殺しかもしれぬ奴に、礼を尽くす必要はない。庄司殿と板倉殿にはかかわりがある。敵討ちの相手になるかもしれない庄司殿の手先の山本殿や平六が張り込んでいる。やらせているのは庄司殿だと考えるのは、当然だろう」

「敵よばわりされるのは気に食わぬが、そうおもわれても仕方がないところもある」

ことばを切った庄司が、穏やかな口調でことばを継いだ。

「たしかに私は板倉様とかかわりがある。とことん話し合わぬか。おたがいの誤解が解けるかもしれぬ」

「望むところだ」

「上がる前に平六を離してくれ。かなり痛そうだ」

「そうだな」

手を離す。

手首を押さえた平六が、痛みに耐えかねてしゃがみ込んだ。

顔を向けて、庄司が告げた。

「山本、平六の手当をしてくれ。手首にあざができている」

ちらりと半九郎を見やって山本が吐き捨てた。

「足の骨一本かとおもったら、手首だったか」

土間に置いてある草履に足をのばした。

表情ひとつ変えない半九郎に、庄司が声をかけた。

「上がってくれ。四方の襖は開け放っておく。槍で突き刺すことができないようにな」

「心遣いありがたい」

いやみな口調で応じて半九郎が板敷きに歩み寄った。

本気でとことん話し合うつもりでいるのか、昼になると庄司は、

「近くにうまい蕎麦《そば》屋がある。食べにいこう。当塾の料理番につくらせてもいいが、毒入りかもしれぬと疑られるのが落ちだ」

と半九郎を誘い出した。

昼飯からもどると、ふたりは四方の襖を取り外した座敷で話し合った。

商いの話や四方山《よもやま》話、新吉原では本家筋にこき使われるだけで、腹立たしいことこの上なかった。我慢できなかったので、おもいきって外へ出て商道塾を開いたことなどを、庄司はしゃべりつづけた。

(評判どおりの男だ。商いの話になるとすべてが理詰めで、聞いているうちに、あ

らゆることが目論見どおりに運んでいくような気になってしまう。この調子で話しつづけられたら、相談にきた主人は、傾きかかっている見世の立て直しをまかせてみよう。必ずうまくいく、とおもうに違いない）

弁舌の立つ庄司の様子に、いつしか半九郎は、そう考えるようになっていった。

途中、庄司は、

「約束していた商談の相手がきた」

といって、一刻ほど座を離れた。

夕刻になると、

「こんな折りは、めったにない。もっと話そう。私の人となりを秋月殿にわかってもらいたい。近くの料理屋へ晩飯を食べに行こう」

と誘った。

食した後、ふたりは、再び塾にもどり、話しつづけた。

もっとも、口を開いていたのは、ほとんど庄司だった。

宵五つ（午後八時）を告げる鐘の音が、風に乗って聞こえてきたのをきっかけに半九郎は、

「もうこんな刻限か。そろそろ引き上げさせてもらう」

と腰を浮かした。

が、庄司は、

「もう少しいいではないか。久しぶりに楽しい。もう少しいてくれ」

と引き留めた。

その強引さに負けて、半九郎が庄司商道塾を出たのは、深更四つ（午後十時）の時の鐘が鳴り終わったころだった。

「名残惜しい。語り明かしたい気分だ。また顔を出してくれ」

表戸の前まで庄司は見送りに出てきた。

煙《けむ》に巻かれたような気もするが、庄司の話のすべてがおもしろかった。

（探索する相手として会いたくはなかった。おのれひとりの才覚で、世の中を渡ってきた、たくましくて、つかみどころのない男だ）

そうおもいながら、半九郎は背中を向けた。

六

庄司商道塾を出て、少し行くと武家地にさしかかる。

深更になると、寝静まって、犬の遠吠えさえ、めったに聞こえてこない一帯であった。

(つけられている)

胸中で呻いて、半九郎は首を傾げた。

気配は感じるが、足音は聞こえない。

(足音を消す術を身につけているほどの武芸者なら、気配を消すことは容易なはずなのに、不思議だ)

そうおもいながら歩みをすすめている。

半九郎の足が止まった。

瞬間、半九郎は、なぜ庄司が夜遅くまで引き留めたか、その理由がよくわかった。

前方に三人、袴《はかま》姿の浪人が立っている。

浪人が、大刀の鯉口《こいぐち》を切った。

半九郎も鯉口を切る。

刀を抜き連れて、三人が駆け寄ってきた。

塀を背にして迎え撃つべく、半九郎が身を翻《ひるがえ》す。

間髪《かんはつ》を置かず、背後から走ってくる、入り乱れた足音が響いた。

刹那《せつな》、半九郎は気配はしたが、足音がしなかったわけに気づいた。

つけてきた数人のうちに、気配を消しきれなかった者がいたのだ。

（が、他の者は気配を消していた。手強い奴らだ）

推断した半九郎は、大刀を抜いて、左足を引き右下段に構えた。

前方から三人、後方から三人、駆け寄った六人の浪人たちが、半円に陣形を組み、囲んだ。

じり、じりりっと迫ってくる。

切っ先が届くあたりまで達したとき、半九郎が動いた。

塀と背中の隔たりをそのままに保ちつつ、左へ跳んだ。

左手の三人が上段から斬り下ろす。

塀から三人めの刀を跳ね上げ、ふたりめの刀に、一歩後退《あとじさ》りながら袈裟懸《けさが》けの一太刀を叩きつけた。

刃の勢いの強さに、三人めはのけぞり、ふたりめは切っ先を地面に食い込ませた。

踏み込んできた塀際の浪人は、さらに片膝をつかんばかりに身を低くして一歩後ろに下がりながら横に払った半九郎の一撃を、臑《すね》に受けたかとおもわれた。

人並み外れた、迅速な動きだった。

斬られたと見えた瞬間、浪人は地を蹴り、刀を手にしたまま後方へ高々と飛んでいた。

後ろ向きのまま空で一回転した浪人は、音も立てずに地面に降り立った。

度肝を抜かれた半九郎は驚愕し、目を見張った。

が、それも一瞬。

再び右下段に構えた半九郎は、塀を背にして身構えた。

そのとき、塀の向こう側から、

「何事だ」

「鋼《はがね》を打ち合わせる音だ」

「斬り合いだぞ」

声が上がった。

走り回る足音が聞こえる。

武家屋敷の見廻りの刻限だったのだろう。

頭格とおもわれる浪人が声を上げた。

「引き上げる」

一歩前に出た頭格が、八双に構えて半九郎と対峙した。

残る浪人たちは、後方へ走り去っていく。

見届けた頭格が、体勢を崩すことなく後退った。

一跳びしても切っ先が届かない隔たりに達したとき、くるりと背中を向け、走りだした。

見る見るうちに遠ざかっていく。

身軽な動きだった。

警戒を崩さず見送った半九郎の耳に、

「表をあらためよう」

「加勢を呼べ」

塀のなかから、わめきたてる声が飛び込んできた。

（姿を見られたら面倒なことになる）

大刀を鞘《さや》に納め、早足で、その場から歩き去って行く。

歩を運ぶ半九郎の脳裏に、後ろ向きのまま飛んで空で一回転して太刀先を逃れた浪人の動きが焼き付いている。

見たことのない技であった。

（噂に聞く忍びの術か）

胸中でつぶやく。

忍びが江戸の町に出没する。

いまどき、ありえない話だった。

しかし、いま見た有様は、忍びの技としか考えられなかった。

(公儀には隠密の役目を担う伊賀《いが》組という組織がある。伊賀組の組下なら忍術の修行を積んでいるはずだ。どう考えても、あの浪人たちは庄司が差し向けた刺客《しかく》に違いない。庄司が伊賀組の連中を手なずけているとはおもえぬ。あるいは荻野山中藩が抱える忍びか)

荻野山中藩は小田原《おだわら》藩の流れを汲む藩だった。

(かつて小田原城を支配した北条家は、風魔《ふうま》と呼ばれる忍びの集団とかかわりが深かった、と雑読した書に記してあった。江戸幕府開府のころには姿を消したといわれる風魔忍者の残党が小田原藩ともかかわって、生き残っているというのか)

宙で、後方へ一回転して逃れた浪人の技に、囚《とら》われつづけている半九郎であった。

七

程なく辰造の住まいに行き着くあたりだった。

気配を感じて、半九郎は足を止めた。

が、次の瞬間、何も感じなくなった。

(命のやりとりを終えたばかりだ。気持ちが昂《たか》ぶっているのだろう)

そうおもって歩き出した半九郎は、再び立ち止まった。

(気配を消す術を身につけている輩が張り込んでいるのかもしれぬ。この目でまわりをあらためながら、すすんでいくべきだ)

ゆっくりとした足どりで半九郎は歩き始めた。

町家の軒下に置かれた天水桶の後ろ、外壁の様子、通り抜けは奥まで覗き込むようにして歩いていく。

いつもの歩調よりも、はるかに多くの景色を見届けることができた。

通り抜け沿いの建屋に張り付くように寝そべっていても、立ち止まって見つめれば、それが何か見極められる。

(忍びの者が、庄司に加担した)

との考えは、半九郎のなかでは、疑惑から確信に近いものに変わっていた。

(つねに警戒し、用心に用心を重ねる)

そうこころにいいきかせた。

酔っ払いが、千鳥足でのそのそと歩いていくような足どりで、歩を移す。

辰造の住まいのまわりを一歩きした半九郎は、取り囲むように表の両脇、裏の両脇の、人の出入りを見張ることができる四ヶ所にそれぞれひとりずつ、町家の外壁に張り付くようにして身を潜《ひそ》めている浪人の姿を見いだしていた。

浪人たちに殺気はない。

拍子抜けしたような気分になっていた。

が、次の瞬間、半九郎のなかで弾《はじ》けたものがあった。

(この浪人たちは、おれの顔を知らないのだ)

そうおもった半九郎の脳裏に　低い位置から薙《な》いだ大刀の一撃を避けて宙に飛び、一回転して着地した、浪人の姿が浮かび上がった。

(刺客が六人、張り込む一群が四人、合わせて十人か。庄司たちの仲間に十人もの、忍者とおぼしき一味が加わった。この際、四人が、どの程度の腕前か、たしかめて

みよう)

そう決めて、もう一度、辰造の家のまわりを調べるべく歩きつづけた。

さっきよりゆっくりした足どりで行く。

天水桶の後ろを、かがんで覗き込む。

外壁に身を寄せて立っている浪人を、足を止めて怪訝《けげん》そうに見つめた。

手応えはあった。

顔を背ける。

見つめ返す。

睨み付ける。

不快さに顔を歪める者もいた。

潜む場所から離れた途端、殺気を浴びせる浪人もいた。

気づかぬふりをして立ち去る。

(歩き回るのは二度目、何やらわけのありそうな奴と警戒する気になったのだろう。もう一度、一回りしてみよう。どんな動きをするか、楽しみだ)

不敵な笑みを浮かべた半九郎が、前より、さらにのんびりした歩調で歩きだした。

潜んでいる場所に歩み寄ると、露骨に警戒の視線を向けながら、それまでと変わらぬ隔たりをとって後退る。

四ヶ所で似たようなことが繰り返された。

(今夜は襲ってはならぬと、指図されているのだろう)

胸中でつぶやいた半九郎は、待ち伏せしていた浪人たちと、つけてきた者たちが、

「引き上げろ」

との下知にしたがい、一斉に逃げ去った光景をおもい浮かべた。

頭格らしい浪人は、仲間を逃すためにしんがりをつとめている。

すべてが統制のとれた動きだった。

(日頃から、教えこんで慣れさせているのだ。手強い相手)

そうおもいながら、半九郎は辰造の住まいへ歩み寄った。

表戸の前に立って、張り込んでいる二ヶ所を見つめる。

(下手をすれば籠城戦になる。策を練らねばなるまい)

との、おもいが強い。

この刻限だと、表戸にはつっかい棒がかけられている。

戸を叩いた半九郎は、なかへ向かって声をかけた。

住み込んでいる下っ引きがいる。

土間に降りる足音がして、なかから表戸が開けられた。

入って行く半九郎は、背中に浴びせられた凄《すさ》まじい殺気を感じた。

(気の強さは技の達者に通じる。表を張り込んでいる者たちは、襲ってきた連中より強いかもしれぬ)

推断した半九郎の背後で、戸を閉める音が響いた。

第七章　石に花咲く

一

「そばにいてくれるという約束だろう。一日中、はらはらのし通しだったぜ」

部屋に入ってきた半九郎の顔を見るなり、恨《うら》めしげに辰造がいった。

向かい合って胡座《あぐら》をかくなり、半九郎が告げた。

「囲まれている」

「ほんとかい」

ぎょっとした辰造に、張り込んでいる気配を感じて、家のまわりを三度歩いてあらためたこと、浪人四人が表と裏を見張ることができる両側に潜《ひそ》んでいることなどを話して聞かせた。

「こんどは浪人が四人もいるのか」

困惑し、怯《おび》えた顔つきで訊いてきた。

「一ヶ所ずつ覗き込んでたしかめたのだ。間違いない」

うつむいて、ため息まじりに辰造がつぶやいた。

「銭を脅し取った報いがこれか。楽な金儲けはねえってことだな、今度ばかりはおもいしらされたよ」

じっと見つめて、半九郎は問うた。

「手を引くか」

顔を上げて辰造が見つめ返した。

いつになく眼光が鋭い。

「手下ひとりをあっさりと殺した奴らだ。逃げても、とことん追いかけてくるだろう。こうなりゃ覚悟を決めて、命がけで戦うしかねえ。腹をくくってやるだけやるしかねえな」

切羽詰まった顔つきだった。

「明日も、きっと張り込んでいるだろう」

「そうだろうな」

まじまじと辰造を見据えて半九郎がいった。

「もっと驚くことがある」

「もっと驚くこと？」

鸚鵡《おうむ》返しをした辰造に、今日一日庄司商道塾に出向き、庄司に昼飯、晩飯を馳走になりながら、話し合いをつづけたこと、深更になって塾を出たこと、帰り道で六人の浪人に襲われたこと、そのうちのひとりが半九郎から臑《すね》への一閃《いっせん》を受けたとき、後ろ向きのまま宙に跳び上がり、一回転して地に降り立ったことなどを話し、最後に、こう付け加えた。

「噂に聞く忍びの者とはこういうものかとおもわせる、軽業師まがいの技だった。いままで見たことのない動き、正直いって、度肝を抜かれた」

聞き入っていた辰造が口を開いた。

「人の懐《ふところ》を狙うときには、てめえでも驚くほど素早く指が動くのに、危ない目に出くわすと、さっぱり頭が働かなくなる。われながら情けねえ話だ。これから先、半さんだけが頼りだ。何でもいうとおりにするよ」

「近いうちに親分の十手が役に立つときが、きっとくる。十手を預かっていてよかった、とおもうときが必ずある」

「ほんとかい。そうなりゃ、いままで二足の草鞋《わらじ》を履《は》いている汚い奴だとか、ど腐れ野郎だとか、陰口をたたかれながら十手を持ちつづけたかいがあったというもんだ。で、いつ、そのときがくるんだい」

首を突き出して訊いてきた。

「そのうちにな」

素っ気なくこたえた半九郎に、

「いつのことやら」

再び、落ち込んだ。

にやり、として半九郎が声をかけた。

「ひとつだけいいことがある」

「いいこと？」

目を輝かせて問いかけてきた。

「敵が誰か、はっきりした。荻野山中藩と庄司だ。悪企みを目論見《もくろみ》、実現しようとして動いているのは庄司だ。金主《きんしゅ》は荻野山中藩。板倉はその窓口といったところだろう」

いったんことばをきり、辰造を見つめてつづけた。

「やりようによっちゃあ、いい金蔓《かねづる》になる。本気で一勝負するかい。おれは、勝負する気でいる。引くに引けないところまできているからな」

見つめ返して、こたえた。

「いままで危ない金儲けは避けて通ってきたが、今度ばかり仕方がねえ。さっきもいったが、とても逃げ切れねえ。びびりながら、やり抜くぜ」

ふっ、と小さく息を吐いて、ことばを継いだ。

「ひとつだけ気がかりなことがあるんだ」

神妙な物言いだった。

「何だ」

「お仲のことさ」

「お仲のこと？」

見据えて、辰造が告げた。

「おれに万が一のことがあったときの頼みだ。必ず聞き入れてくれるな」

「きけるかどうかは、なかみ次第だ」

「必ずお仲を半さんの女房にしてくれ。おれの弟分の忘れ形見だ。お仲だけは、幸せにしてやりてえ。お仲は、半さんにぞっこん惚《ほ》れている」

「頼まれなくとも、そのつもりだ。おれも、お仲は好きだ。おれに命のあるかぎり、いずれ一緒になる。口に出したことはないが、腹のなかでは、そう決めている」

半九郎が微笑んだ。

「ありがてえ。これで心残りはねえ。何でも指図してくれ」

「指図させてもらう。今夜はぐっすり寝てくれ。明日から、もっと大変になる」

「ぐっすり寝ろ、というのかい。外の連中が襲ってくることはないのか」

「今夜はない。心配するな」

「最初の指図が眠ることかい。気が抜けたよ」

ため息をついて、しょぼくれた。

二

翌朝明六つ（午前六時）過ぎ、半九郎は辰造の家の周りをあらためた。

張り込んでいる場所は昨日と同じだった。

人数はひとり増えて、五人になっている。

表に張り込む浪人が、ひとり増えていた。

身を潜めてはいるが、半九郎が覗きこんでも顔を隠そうともしなかった。

それどころか、見つめ返してくる。

張り込んでいる浪人は、すべて入れ替わっていた。昼番と夜番の二組で張り込むことになっているのだろう。

いま見張っている浪人たちの顔に見覚えがあった。

昨夜、半九郎を襲ってきた浪人たちだった。

見合っても、すべてを忘れているかのように、無表情だった。

その様子が、半九郎に、

（底の知れぬ奴ら。いままで相手にしてきた輩《やから》とは違う）

と、この世の者ではないような恐ろしさを感じさせた。

（籠城戦になる。そうおもったことが現実になった。昨夜の今日だ。策をたてる時すらない）

何よりも困るのは、吉野へのつなぎがとれなくなることだった。

浪人たちの腕前はわかっている。

ひとりで相手をするには、手強すぎる者たちだった。

(これからどうする?)

思案しながら、なかに入ろうと表戸に手をかけた半九郎の背中に、突き刺さるような殺気が浴びせられた。

おそらく五人が同時に発したのであろう。

あまりの凄《すさ》まじさに、半九郎は一瞬、身が竦《すく》むような感覚すら覚えていた。

(振り向いたら、おれの負けだ。奴らは、殺気に反応して振り向くのを待っている。胆力を試しているのだ)

向き直って見据えたい衝動を必死に堪《こら》えながら、半九郎は表戸を開けた。なかに入り、後ろ手で戸を閉めて、大きく息を吐く。

耐えていたおもいを、一気に放出するための動きであった。

どうすべきか、よい手立ての欠片《かけら》も浮かんでこない。

(このことは辰造にはいえぬ。いったら、破れかぶれになって、何をしでかすかわからぬ。庄司たちの思う壺だ)

あてがわれている部屋へもどるべく、足を踏み出した。

異変は、朝五つ(午前八時)前に起きた。

血相を変えて、南天堂がやってきたのだ。

真夜中近くまで易占の出店を開いているのに、こんな刻限に顔を出す。

それだけでも大変なことだった。

住み込んでいる下っ引きから、南天堂のことを知らされた辰造が、

「何の騒ぎだい」

と部屋を覗きにきた。

向かい合って胡座をかいた南天堂が、ちらり、と半九郎に目を走らせる。

どう扱えばいい、とその目が問いかけていた。

咄嗟《とっさ》に半九郎がこたえた。

「閑《ひま》をみつけて蛇骨長屋の話を聞かせてくれ、と頼んでいたのだ。気にしないでくれ。朝見回ったが、張り込んでいる浪人は一人増えて、五人になっていた。部屋にもどって、おとなしくしていてくれ」

「五人もいるのかい。そいつはまずいや。指図どおりにするよ」

襖《ふすま》を閉めて、去っていった。

足音が消えるのを待って、半九郎が訊いた。

「何があった」

身を乗り出すようにして南天堂が応じた。

「菱屋長屋に雷が落ちた。丸焼けになったようだ」

「誰から聞いたのだ」

「暁七つ過ぎに、おれが市松と安三に又貸しした部屋の戸を叩く音がした。忍びやかな音だったが、何せ安普請《やすぶしん》で壁の薄い長屋のこと、隣の音は筒抜けだ。市松たちが起き出して、表戸を開ける音が聞こえた。入ってくるなり、知らない男の声で『菱屋長屋に雷が落ちた。丸焼けだ。少し眠りたい。泊めてくれ』といった」

「菱屋長屋に雷が落ちた。丸焼けだ。そういったのだな」

念を押した半九郎に、南天堂がうなずいた。

「そうだ。それだけは、はっきり聞こえた。それから後は、聞き耳を立てたが、小さな声で聞こえなくなった。壁に耳をつければ聞けたかもしれないが、気づかれるとおもって止めたんだ」

「それでいい。ところで市松たちの様子に変わったところはないか」

「毎日、夜中に隣から物音がするんだ。かすかな音だが天井裏を誰かが動いているような気がする」

「歩いているような音か」

「いや。おれがいた部屋の真上あたりから、聞こえるんだ。暁の七つ過ぎにな」

そのことばが半九郎に、お仲から聞いた、正太が幽霊を見た、という話をおもい起こさせた。

（おそらく市松たちは、天井板をはずして屋根裏に上がり、さらに屋根板をはがして屋根の上に出ているのだ。南天堂が聞いたのは、屋根から天井裏にもどったときに出る音に違いない）

そう推断した。

「市松たちだが、今朝はどうしていた」

「明六つごろ、出かけていった」

「菱屋長屋の様子を見にいったのかもしれないな。おれたちも、どんな様子か、あらためにいくか」

問いかけに南天堂がこたえた。

「そうだな。雷さまのやっていることだ。見てもどうしようもない気もするが、何もしないよりましだ」

「腹が減っては戦もできぬ、という。とりあえず朝飯を食おう。南天堂の分も用意してくれ、と親分にいってくる」

立ち上がった半九郎に南天堂が、

「それはありがたい」

屈託のない笑顔を向けた。

三

朝飯を食べた後、半九郎は辰造に声をかけた。

「菱屋長屋に雷が落ちて、焼けたそうだ。何かと気になるので南天堂と様子を見に行く。親分もくるか」

「訊くだけ野暮だ。五人もの浪人に張り込まれている。自分の家とはいえ、ひとりでここにいるのは危ねえよ」

顔を向けて、半九郎が告げた。

「南天堂、親分も一緒に行く。いいだろう」

「かまわないよ。すぐ出かけよう」

わきから辰造が声を上げた
「支度をしてくる。ちょっと待っていてくれ」

よっこいしょ、と大義そうに立ち上がった。

菱屋長屋に向かう半九郎たちを、浪人五人がつけてくる。

姿を隠す気もない浪人たちを何度も振り向きながら、辰造が吐き捨てた。

「畜生、なめやがって。早手の辰造をみくびるなよ。窮鼠《きゅうそ》猫を嚙むってことわざもあるんだ。くそったれめ」

歩きながら石を蹴飛ばした。

半九郎が声をかける。

「親分、あいつらは、おれたちが苛立って、喧嘩を仕掛けてくるのを待っているんだ。人の往来の多い町中だ。無茶なことはしない。十手持ちを襲ったら、どうなるか知っている連中だ」

「半さんがいっていた。十手が物をいうって、こういうことだったのかい。なるほど、昼日中、岡っ引きを襲う浪人は、めったにいねえよな。目明かし殺しの下手人として手配されちまう。そう考えたら、十手はありがてえ持ち物だ。うまく使わなきゃ損だな」

わきから南天堂が茶々を入れた。

「いままでも、うまく利用していたんじゃないのかい。頼りにしているぜ、早手の親分」

「そういわれりゃ、要領よく使いこなしてきたかもしれねえな。これからは多少、まっとうな使い方も考えるがね」

にんまりした辰造に半九郎が告げた。

「急ごう。菱屋長屋の様子で、動きが変わってくる。早くあらためたい」

足を速めた半九郎にふたりが歩調を合わせた。


菱屋長屋は、まさしく丸焼けの惨状をさらしていた。

火消したちが、まだくすぶっている燃え残りの材木を長鳶《ながとび》で片づけている。まだ火種が残っているのか、燃えさしの芯に赤い点が見えた。

焼け跡のそばに筵《むしろ》が敷かれ、骸《むくろ》が五つ、ならべられていた。上には筵がかけられている。子供とおもわれる骸もあった。

その小さな骸の傍《かたわ》らに、呆然自失の体で膝をつき、じっと見つめている町人の姿があった。年の頃は二十半ばだろうか。

近くに市松と安三、三十そこそこの見知らぬ男が立っている。

少し離れたところで、半九郎と南天堂、辰造が子供の骸の傍らにいる町人に目を注いでいた。

「あの町人を知っているか」

問いかけた半九郎に、南天堂がこたえた。

「市松たちと一緒にいる男の連れのようだ。朝、蛇骨長屋に駆け込んできたふたりのうちのひとりのような気がする」

子供の骸と、そばにいる男に目を向けたまま、辰造が口をはさんだ。

「さっきから身動きひとつしないで、子供の骸を見つめている。きっと可愛がっていたんだな、あの子のことを」

「おれも、そんな気がする」

応じて半九郎が、まわりを見渡した。

焼け出された菱屋長屋の住人たちが、途方に暮れて、あちこちに座り込んでいる、大長屋で見たのと同様の光景が広がっていた。

知った顔でも見つけたのか、半九郎が足を踏み出した。

つられたように南天堂と辰造も歩き出す。

地面に置いた、ふたつの大きな風呂敷包みのそばで、ぼんやりと座り込んでいる嬶《かかあ》のそばで半九郎は足を止めた。

声をかける。

「災難だったな」

顔を上げて、嬶が応じた。

「この間のご浪人さん、どうしてここに」

「菱屋長屋に雷が落ちて、焼けたと聞いたので気になってきてみた。死人が出たようだな」

「寺子屋をやっていた浪人の旦那と娘さん」

「寺子屋の先生が亡くなったのかい」

駕籠舁きの兄弟に竹刀胼胝《しないだこ》がある、といっていた浪人父子が焼け死んだ。半九郎には、偶然とはおもえなかった。

が、その疑念をおくびにも出さずに訊いた。

「他にも子供も含めて三人の骸があるが」

「新吉《しんきち》という五歳になる子と二親さ。夫婦で仕立屋をやっていてね。大店《おおだな》からの注文もあって、暮らし向きも悪くなかった。ふたりとも酒好きで、寝酒を欠かさなかったのさ。呑み過ぎて逃げ遅れたのかもしれないね」

「新吉ちゃんの骸のそばにいる男だが、坊やと、どんな仲だったんだい」

「顔を知らなかったのかい。留守で会えなかった駕籠舁きの弟の次八《じはち》さんだよ。仕事にあぶれて長屋にいるときは、一日中、新吉坊と遊んでいた。大の仲良しでね。身が軽くて、時々、逆とんぼなんかしてみせてさ。新吉坊、喜んで、何度もせがんで。そのたびにやってみせてたものさ」

「逆とんぼ。後ろの方向にするとんぼがえりができるのかい、次八は」

「朝飯前にやってのけるのさ。最初は、あたしたちもびっくりして見とれたもんだよ」

「そうかい。よく遊んでいたのかい。それじゃ悲しむのも当たり前だな」

ため息をついて、嬶がつぶやいた。

「いったいどうなるのかね、これから。宿無しになっちまったよ」

「元気を出してくれよ。大変なときに声をかけて、すまなかったな」

「いいんだよ。少しは気がまぎれた。また顔を出しておくれな」

「そうだな」

笑みをたたえて半九郎がいった。

近くで半九郎と媾の様子を見ていた南天堂が辰造に訊いた。

「半さん、あの媾と顔見知りなのかい」

「この間、聞き込みにきたときに声をかけていた相手だよ」

「ここにきたことがあるのかい」

「何を調べているんだか、あちこち歩き回っているよ」

「厄介ごとに顔を突っ込むのが好きだからね。端で見ていて、はらはらするときがあるよ、ほんとに」

半ば呆れたような南天堂の物言いだった。

そんな半九郎と南天堂たちを、近くの町家の軒下に立った浪人五人が、鋭い目で見据えている。

四

南町奉行所の奉行用部屋では、下城してきたばかりの大岡が、吉野から急ぎの報告を受けていた。

「昨夜、菱屋長屋に雷が落ち、丸焼けになりました。秋月の推測を聞き、同心の谷《たに》川《かわ》を通じて新鳥越町の自身番の大家に、菱屋長屋に異変が起きたら直ちに報告するように命じておりました。今朝方、自身番の小者が知らせてきました」

緊迫した面持ちで告げた吉野に、大岡が応じた。

「これで秋月が抱いていた、落雷騒ぎは仕組まれたものではないかという疑念が深まった。わしのほうにもつたえることがある。兼任している地方御用掛のかかわりで、関東の代官たちからの報告を束ねさせている内与力の石田尚悟《いしだしょうご》が、荻野山中藩にかかわる噂を聞き込んできた」

地方御用掛とは関東各地で、新田開発や治水事業に携わる役目であった。

享保《きょうほう》七年（一七二二）、大岡越前守忠相は地方御用掛に任命されていた。

「その噂とは、どのようなものでございますか」

問いかけた吉野に、大岡がこたえた。

「荻野山中藩が巨額の藩札を発行し、領内の分限者たちに、半ば強制的に買い取らせているそうだ」

「藩札の製造は御法度で禁じられているはず。荻野山中藩は御禁制を破っているのですか」

「どの大名家も、財政は逼迫《ひっぱく》している。ほとんどの藩が密かに藩札をつくっているだろう。御上も、見て見ぬふりをしているというのが本当のところだ。上様は、いずれ藩札の製造を認めてやるべきだとお考えになっている。わしにも知恵を絞り出せ、とのご下命があった」

「それでは、近いうちに藩札の発行が許されると」

「成り行きでは、そうなる」

「しかし、いまは禁じられています。大名家は町奉行所の支配違い。荻野山中藩に手出しはできませぬ」

うむ、とうなずいて大岡が告げた。

「明日にでも荻野山中藩に出向き、それとなく問い糾《ただ》す」

目を輝かせ、吉野が応じた。

「秋月が聞いたら喜ぶでしょう。いま秋月は、探索の都合上、掏摸《すり》の親分でありながら十手を預かっている早手の辰造の住まいに用心棒として住み着いています。此《こ》度《たび》の落雷騒ぎにからむ探索のきっかけとなった、掏摸殺し。殺された掏摸は辰造の手下です」

「荻野山中藩が落雷騒ぎに深くかかわっているとなると、お家取り潰しの裁可が下るかもしれぬ。大名家を取り潰せば、御上もそれなりに傷を負う。扶持《ふち》を離れた藩士たちが浪人になり、日々の暮らしのために悪事に手を染めるかもしれぬ。できれば、表沙汰にならぬよう取り計らいたい」

「たしかに」

じっと吉野を見つめて、大岡が告げた。

「秋月は菱屋長屋へ出向いて、探索をつづけているはず。目明かしと一緒だ。喫緊《きっきん》の事態が生じ、機転をきかせて奉行所に駆け込んでくるかもしれぬ。今日は、谷川ともども奉行所に詰めてくれ」

「委細承知いたしました。そのこと、谷川にもつたえておきます」

吉野が深々と頭を下げた。

五

再び嬶に歩み寄って、半九郎が声をかけた。

「寺子屋の先生の家はどのあたりだ。教えてくれ」

「何をしようというんだい」

「ちょっと調べたいことがあるんだ」

「雷が落ちた。それだけだろう」

怪訝《けげん》そうな嬶に、半九郎がこたえた。

「気になるんだ。頼むよ」

「わかった。近くまで行ってあげるよ」

立ち上がった嬶が、案内するべく歩き出した。


焼け跡に踏み入ってしゃがみ込み、小柄《こづか》で燃え残りをかき分けたりしている半九郎を、嬶が呆気にとれたような顔つきで眺めている。

そのそばに辰造と南天堂が立っていた。

「何をやってるんだい」

声をかけた辰造を見やって、半九郎が大声で応じた。

「導火線の切れ端でも、残っていないかとおもってな」

さりげなく走らせた半九郎の目が、向き直って見つめる市松たち三人の姿をとらえた。

わざと発した大声に、市松たちが振り向いた。そのことに、半九郎は手応えを感じていた。

「それともうひとつ」

「もうひとつ？　何だね」

今度は南天堂が訊いてきた。

「燃えさしに煙硝《えんしょう》の臭いが残っていないかとおもってね。臭いを嗅いでみるつもりだ」

小柄で突き刺した短い燃えさしに、鼻を近づける。

「煙硝の臭いがする。親分、十手にものをいわせて兄貴株の火消しを連れてきてくれ。燃えさしの臭いを嗅いでもらうんだ。おれひとりが嗅いだだけじゃ勘違いってこともあるからな」

「わかった。すぐ連れてくる」

小走りに、辰造が近くにいる火消しのところへ向かった。

嬶が南天堂に訊いた。

「燃えさしに煙硝の臭いが残っていたら、何なんだい。あたしにゃわけがわからないよ」

「雷さまが落ちたかどうか調べているのさ」

「馬鹿なことをいわないでおくれ。雷は落ちたんだよ。それで長屋が焼けたんじゃないか。冗談は顔だけにしてもらいたいね。髭なんか生やしてさ」

「手厳しいなあ。そこらで勘弁してくれ」

苦笑いした南天堂が、半九郎に視線をもどした。


五十がらみの火消しが、燃えさしの一本を手ぬぐいを巻いた手でとって、鼻に近づけた。

臭いを嗅ぐ。

うむ、とうなずいて鼻から離した。

顔を半九郎に向けて、火消しがいった。

「間違いねえ。この燃えさしも煙硝の臭いがする。これで五本目だ」

「煙硝の臭いがするということは、爆薬が仕掛けられていた、と考えてもいいのかい」

問いかけた半九郎に、火消しが応じた。

「雷が落ちて、火事になった。いままで、そうおもっていたが、こうなりゃ爆薬が仕掛けられて燃え広がったということも考えなきゃいけねえな。いまとなっては燃え残りを片づけてしまって、調べようもないが」

「もう一ヶ所、調べたい。つきあってくれるか」

「いいよ」

嬶に向かって半九郎が声をかけた。

「駕籠舁きの兄弟が住んでいたところはどこだい」

「前まで行ってあげるよ」

嬶が足を踏み出した。


小柄をさした燃えさしに半九郎が鼻を寄せる。

傍らで、火消しが手ぬぐいを巻いた手で燃えさしをつかみ、臭いを嗅ぐ。

ふたりがうなずき合った。

振り向いて、半九郎が辰造に声をかける。

「このあたりの燃えさしにも煙硝の臭いが残っている。親分、大きな風呂敷を調達してくれ。煙硝の臭いが残る燃えさしを南町奉行所に運び、谷川さんに頼んで、まこと煙硝の臭いかどうか、あらためてもらおう」

傍らでしゃがみ込んでいた火消しが声を上げる。

「火消しの誰かに声をかけたらいい。大きな風呂敷の二、三枚はすぐに渡してくれるはずだ」

「ありがてえ。そうさせてもらうぜ」

焼け跡の前に立っていた辰造が、火消したちのほうへ足を向けた。

大きな風呂敷包みを背負った半九郎と辰造、南天堂が菱屋長屋を後に歩いて行く。

焼け跡のはずれに立った市松たちが、鋭い目で見据えていた。

歩を運ぶ半九郎たちとほどよい隔たりをおいて、五人の浪人が今度は見え隠れにつけていく。

六

南町奉行所まで浪人たちの尾行はつづいていた。

腰から引き抜いた十手を門番に見せて、辰造が声をかけた。

「目明かしの辰造です。急ぎの用でまいりました。同心の谷川さまに取り次いでくださいな」

「同心詰所にいらっしゃる。入るがよい」

こたえて、行く先を目で指し示した。

同心詰所に行くと谷川がいた。

待っていたらしく、表戸を開けて入ってきた辰造に気づいて立ち上がり、歩み寄ってきた。

半九郎と南天堂を見て、訊いてきた。

「この二方は」

「あっしの手伝いをしてもらっている浪人の秋月さんと易者の南天堂さんで」

「そうか。おぬしが秋月殿か。やってきたら会いたいと仰《おっしゃ》っているお方がおられる。私と一緒にきてくれ」

行きかけて足を止め、告げた。

「南天堂とかいったな。おまえはここで待っていてくれ。板敷の隅に腰をかけたらいい」

「荷物はどうしましょう」

手にしていた風呂敷包みを掲げてみせた。

「おれが預かる」

受け取った谷川が、

「まいろう」

声をかけて、歩き出した。

半九郎と辰造がつづいた。


接見の間で、上座に吉野、その脇に谷川、前に半九郎と辰造が控えている。

間に、燃えさしが載った、広げた三枚の風呂敷が置かれていた。

半九郎も、吉野も、たがいに初対面のように振る舞っている。

燃えさしの一本の臭いを嗅ぎ、吉野がつぶやいた。

「煙硝の臭いだ」

やはり手にした燃えさしを、鼻に近づけている谷川に問いかけた。

「どうおもう」

顔を向けてこたえた。

「煙硝の臭いかと」

うなずいた吉野が、半九郎に訊いた。

「火消しの兄貴分も、煙硝の臭いがするといっていたのだな」

「そうです」

しらばくれて吉野がいった。

「辰造の探索を手伝っていると聞いたが、相次ぐ雷騒ぎが仕組まれたものではないかとの疑念を抱いたのは、いつからだ」

「名主の屋敷につづけて雷が落ちた頃からでございます。疑念が強まったのは、大長屋に落雷し丸焼けになったときに聞き込みをかけた、錺職《かざりしょく》の話からです」

すでに吉野にはつたえてあったが、雷が落ちるような空模様ではなかったこと、大長屋に落雷するのを見た錺職が、雷に付きものの空を走る稲妻を見なかったことなど、疑惑を深めていった経緯を語りつづけた。

聞き終えた吉野が、半九郎に告げた。

「わしにしてもらいたいことがあったら、遠慮なくいうがよい」

「ひとつございます」

「何だ」

「辰造親分の住まいが、屈強の浪人たちに張り込まれています。いつ踏み込まれて斬り合いになるかわかりません。今夜からでも警固をつけてもらいたのです」

「詳しい話を聞かせてくれ」

始まりは辰造にかかわりがある掏摸が殺されたこと、偶然手に入れた書付の差出人の庄司商道塾の塾長庄司某と、受取人の荻野山中藩江戸家老板倉某を調べていくうちに、浪人たちに襲われたこと、その浪人のひとりの臑を狙い、半九郎が身を低くして一刀を横に薙《な》いだ。その刃を避けるために、地を蹴って飛び、後ろ向きのまま宙で一回転して降り立った、忍びの技としかおもえない浪人の動きに度肝を抜かれたことなどを、半九郎は話して聞かせた。

「忍びの技を修練しているのは直参の伊賀組。私が浪人たちに襲われたのは庄司を訪ねた後です。何らかの理由で、伊賀組の何人かが庄司たちに加担しているのではないかと」

「公儀直参の伊賀組配下の者が動いているともおもえぬが」

首を傾げて、吉野が黙り込んだ。

しばしの沈黙が流れた。

視線を半九郎から辰造に流して、吉野が告げた。

「辰造の住まいを町奉行所で警固しよう」

身を乗り出して、辰造が声を高めた。

「ありがてえ。これで枕を高くして眠れます」

「さっそくのお聞き入れ、痛み入ります」

頭を下げた半九郎に、吉野が告げた。

「辰造は十手持ち、これからは辰造ともども秋月殿も、喫緊の事態に立ち至ったときは、直ちにわしや谷川を訪ねてくるがよい。不在のときは、町奉行所内で、わしらにつなぎがつくまで待っていてくれ」

「そうさせていただきます」

再び、半九郎が頭を下げた。

あわてて辰造がならった。


役人十数人が辰造の住まいを警固している。

町家の外壁に身を寄せて張り込んでいる、浪人たちの頭格が呻いた。

「逆に見張られているような有様、身動きできぬ。どうしたものか」

役人を、浪人たちがまなじりを決して見据えている。

七

翌日、下城するなり大岡が、用部屋に吉野を呼びつけた。

「昨日、秋月がいっていた、忍術ともおもわれる技で、切っ先を避けた浪人の話が気になる。いま伊賀組は、上様が連れてきた紀州忍者によって組織された御庭番《おにわばん》に職を奪われ、冷遇されている。不満を抱く者が多数いると聞く。その不満組が、謀略をめぐらす輩に利用されるおそれもある。これから伊賀組組頭に会いに行く。吉野、供をせい」

「承知しました。荻野山中藩江戸屋敷に出向くのは明日以降ということになりますな」

「時が許せば、明日行く。あくまで内々の動きと心得ていてくれ」

「如何様《いかさま》」

「支度をととのえる。吉野も支度せい」

「直ちに」

頭を下げ、立ち上がった。

一刻（二時間）後、大岡と吉野は、伊賀組組頭柘植卓蔵《つげたくぞう》の屋敷の接客の間にいた。

「あくまでも忍びでの動き。同じ直参の立場にある身、ことを穏便にすませたいとおもうてやってきた」

向き合うなり、そう告げた大岡に柘植が応じた。

「心遣い、ありがたく。伊賀組組頭として、組下たちの動きに気を配っておりますが、行き届かぬことも多く、こころを砕いております」

「伊賀組に吹く逆風、気の毒におもうておる」

「すべて世の流れ、受け入れるしかありませぬ」

じっと見つめて、大岡がいった。

「南町奉行所の探索の網に、伊賀組にかかわるかもしれぬ奇妙な噂が引っかかったのだ」

姿勢を正して柘植が問うた。

「どんな噂か、教えてください」

「単刀直入にいわせてもらう。庄司商道塾という、遊里の茶屋や料亭の商いの指南を生業《なりわい》にしている塾がある。主は吉原の創始者、庄司甚右衛門の分家の末裔と称する者だ。その庄司の謀略に、伊賀者とおもわれる者たちが加担しているという」

「それはまことでございますか」

「あくまでも噂だ」

ことばを切った大岡が、柘植を見据えて、ことばを重ねた。

「訊きたいことがある。伊賀忍法に、落雷したようにみせかける火術《かじゅつ》はあるか」

「ございます。忍びの術は身軽さを売り物にする忍び込みなどが主なものとおもわれておりますが、実は火薬づくりや薬草をもとにした毒薬づくりこそが、伊賀忍法の本流かもしれませぬ」

「柘植殿は、江戸で相次いでいる落雷騒ぎをご存じか」

「知っております」

こたえた柘植が、次の瞬間、愕然《がくぜん》としてつぶやいた。

「まさか」

「そのまさかじゃ。探索によると、雷が落ちたにもかかわらず、空模様はどんよりと雲が垂れ込めて雨も降らず、風もない。つねに、そのような有様だという。しかも、雷に付きものの稲妻を見た者がいないという」

「稲妻は雷とは切っても切れないもの。その稲妻を見た者がいないということは、火術によってつくり出された雷の見込みが高いとおもわれます。戦国のころ、火術による落雷の偽装で、度々城攻めを容易にしたと、伊賀の秘伝書にも記されています」

ふたりのやりとりを聞いていた吉野は、大岡の虚実を交えた話のすすめ方に感心していた。

（御奉行は、伊賀忍法に雷をつくりだす火術があることを突き止めたかったのだ。このことを秋月につたえれば、動き方が変わってくる）

その手立てを吉野は考えていた。半九郎が草同心であることを、誰にも気づかれてはならない。話を聞きながら、吉野は思案しつづけている。

一刻ほど過ぎたころ、大岡が告げた。

「これ以上、伊賀組にたいする上様の覚えが悪くならぬよう、影ながら働きかけるつもりだ」

「伊賀組組頭として、大岡様の心遣いに御礼申し上げます。火術を用いて雷騒ぎを仕組んだ不心得者を突き止め、組内にて厳罰に処しまする。しばらく時をくだされ」

「内々ですます。くれぐれも、そのことに腐心されたい。これにて引き上げさせていただく」

大岡が腰を浮かせた。吉野がならう。

「かたじけない。お送りいたします」

と、柘植も立ち上がった。

第八章　貧乏花好き

一

この日、半九郎は時折外へ出て、警固する役人十六人と張り込んでいる浪人五人の動きをあらためた。

が、警固役というには名ばかりのお粗末さだった。奉行所の小者四人と捕方《とりかた》十二人で組織されている。

四ヶ所で張り込む浪人たちにたいし、一ヶ所に小者ひとりと捕方三人、合わせて四人ずつ配して、睨み合うように立っている。

浪人たちは間が悪そうに立ったり、しゃがんだりしていた。

斬り合いになったら、警固の者たちは浪人たちの敵ではないだろう。

しかし、つねに見張られているという有様は、浪人たちにとって、気持ちの上で、かなりの負担になっているに違いない。半九郎は、そう推量していた。

昨夜は、結局、南天堂は辰造の住まいに泊まり込んだ。

浪人たちは身動きできない、と半九郎が判断する昼過ぎまでいて、

「昨日は稼ぎ損なった。それ以上に、前触れなしで一日休んだことで、商い上の信用を失った。大損害だ。まいった、まいった」

とぼやきながら引き上げていった。

暮六つ（午後六時）になると、警固の役人たち、浪人たちのすべてが交代した。

統制のとれた、一糸乱れぬ交代ぶりだった。

その様子から半九郎は、

（浪人たちは、日頃から組織だって動くことに慣れているのだろう）

と、さらにおもいを強めた。

それから小半刻（三十分）ほどして、吉野と谷川がやってきた。

ふたりを、下にも置かぬもてなしで客間に招じ入れた辰造は、

「近くにうまい仕出し屋があります。晩飯でもいかがですか」

と揉み手をしながら、話しかけた。

ちらり、と谷川が吉野に目を走らせる。

すかさず吉野が口を開いた。

「警固の様子を見にきただけだ。すぐに帰る」

わきから半九郎が問いかけた。

「燃えさしに残っていた臭いは、煙硝でしたか」

「そうだ。谷川が御上の鉄砲組に燃えさしを持って行き、調べてもらった。煙硝に間違いないという返答だったそうだ」

こたえた吉野に谷川がいい添えた。

「新式の強力な爆薬ではないか、という話でした」

「新式の爆薬？　誰かが新たに爆薬をつくりだした、ということですか」

訊いた半九郎に、吉野が応じた。

「今日、御奉行とともに伊賀組組頭の屋敷へ出向いた。組頭によると、伊賀忍法は火術も得意としているそうだ。爆薬を使って、雷が落ちたように見せかける火術は戦国のころから行われていたという。おそらく伊賀忍者は、新たな火薬をつくりだすべく日々研鑽《けんさん》しているはずだ」

「伊賀の忍びは、落雷も仕組めるのですね」

「そうだ」

こたえて半九郎を見つめた吉野の目が、

(これをつたえるためにやってきた)

と語りかけている。

「さまざまな術を身につけているのか、忍びは」

独り言のように半九郎がつぶやいた。

その後、谷川が警固の動きなどを辰造に訊いたりして、小半刻もいないで引き上げていった。


晩飯を食べた後、半九郎と辰造はそれぞれの部屋に入った。

深更四つ(午後十時)すぎに、半九郎はひそかに辰造の家を出た。

都合のいいことに、分厚い雲に覆《おお》われた闇夜だった。

細めに開けた裏戸を、這うようにして出た半九郎は、そのままの姿勢で外壁沿いにすすんだ。

裏を見張る浪人たちの目が届かぬあたりに達したとき、身を起こす。

蛇骨長屋へ向かって歩き出した。

路地木戸をつたって、半九郎は表店《おもてだな》の屋根に上った。

表店は二階屋である。さらに二階の屋根によじ登った。

棟の後ろに身を隠し、通り抜けをはさんで向かい側に建つ平屋の、半九郎が住んでいる屋根の上を見つめる。

二階から見下ろしている。一階の屋根の上にいる四つの黒い影がよく見えた。闇に溶け込むためか、黒装束で身を固めている。

棟の両側に太い縄状のものを這わせている。

(導火線だ)

直感が半九郎に告げていた。

板屋根の一部が剝《は》がされている。南天堂の住まいのあたりだった。

突然、向かい側の棟の表戸が開けられた。

小さな黒い影が出てくる。暗くて、よく見えないが、おそらく正太だろう。

その瞬間、黒い影は、屋根に身を伏せた。

溝板《どぶいた》のそばに立った影が用を足している。

終わったのか、踵《きびす》を返し表戸を開けて入っていった。
戸を閉める音が聞こえた。
影たちは立ち上がる。
再び太い縄状のものを這わせていった。
剝がされた屋根板のそばに、縄状のものにくくりつけられた丸い袋が見えた。
(爆薬かもしれない)
胸中で半九郎はつぶやいた。
暁七つ(午前四時)近くまで、四つの影は屋根の上で動き回っていた。
ふたつめの袋を縄状にくくりつけ、屋根板を剝がして穿《うが》った穴のなかへ消えていった。
屋根板がもとにもどされる。
見届けて、半九郎はゆっくりと立ち上がった。
地に降り立った半九郎は、辰造の住まいにもどるべく足を速めた。

二

翌朝、五つ（午前八時）過ぎに、半九郎を訪ねて、南天堂がやってきた。

昨夜は真夜中まで働いているはずであった。急ぎの用できたのは明らかだった。

あてがわれた部屋に南天堂を迎え入れる。

向かい合って胡座《あぐら》をかくなり南天堂が口を開いた。

「明け六つ過ぎに、火焔一家の余佐次がやってきたんだ。しつこく表戸を叩くから、仕方なく起き出して、戸を開けてやったら、余佐次の奴、驚いたのか早とちりして『部屋を間違えた。勘弁しておくんなさい』と平謝りさ。あげくの果てに『秋月の旦那は、隣ですよね』と首を傾げている。その間、よほど焦ったらしく喋りっぱなしさ。あんなお喋りだとはおもわなかったよ」

「余佐次は何といっていた」

促した半九郎に、南天堂がこたえた。

「とりあえず、勘違いしている余佐次に、おれが半さんの部屋にいるわけを話した。そしたら、あいつ、納得して、そういうことですかい、といって用件を話し出した」

ことばを切った南天堂が、真顔になってつづけた。

「親分が、昨夜、出かけた先から帰ってきて余佐次を呼びつけたそうだ。やたら機嫌が悪い。おそるおそる上目遣いに顔を見たら、いきなり『明日一番に秋月さんのところにいってこい。急ぎの用がある。きてくれなきゃ押しかける。おれがそういっていたとつたえるんだ。わかったな』とどやしつけられた。何が何だか、さっぱりわからねえ、と余佐次はしょぼくれていた。半さん、どこかで火焔の大造の気にさわるようなことをやったのかい」

本気で心配している。

「おれには何のこころ当たりもない。とりあえず、すぐ火焔一家に顔を出してみるよ」

「そうしたほうがいい」

にやり、として南天堂がいった。

「ところで朝飯を食わせてくれないか。すっかり眠気がさめちまった。蛇骨長屋に帰って、飯の支度をするのも面倒だしな」

苦笑いして半九郎が応じた。

「わかった。辰造に頼んでやる。もっとも、味噌汁に香の物ぐらいしか用意できないだろうが」

「自分でつくっても、そんなものだ。やらなくてすむ。それだけでもありがたい」

「辰造にいってくる」

半九郎が腰を浮かせた。


昼前に半九郎が火焔一家に顔を出すと、板敷きの上がり端に腰掛けていた余佐次が、跳ねるようにして立ち上がった。

おそらく、半九郎がくるまで、同じ格好で待っていたのだろう。

歩み寄る。

「親分がお待ちかねで」

「ご機嫌斜めのようだな、親分」

笑みをたたえた半九郎に、

「だいぶおさまりました」

微笑んで、余佐次がこたえた。

居間で大造と半九郎が向かい合っている。半九郎の斜め後ろに余佐次が控えていた。

いきなり大造が切り出した。

「秋月さん、庄司先生の邪魔をしてるんだって」

「庄司先生？」

一瞬、視線を空に浮かせた半九郎が、おもいあたってことばを継いだ。

「庄司商道塾の庄司殿のことか」

「何で、嫌がらせするんだい、庄司先生に」

「そんなことはしていない。知り合いの手下が殺された。下手人をさがしているだけだ」

目を尖らせて、大造が告げた。

「昨日の夜、突然、庄司先生に呼び出されたんだ」

「なんで、おれと親分が知り合いだとわかったんだろう」

「易者の南天堂と、昨日、菱屋長屋にいただろう。それで秋月さんと蛇骨長屋が、、そしておれがつながったようだ」

「それで読めた。教えたのはおれをつけてきた庄司殿が手配した浪人たちだ。蛇骨長屋に強引に入り込んだ駕籠舁きの兄弟と深い付き合いをしている、もう一組の駕籠舁きの兄弟は菱屋長屋に住んでいる。もとは二組とも大長屋に住んでいた。その駕籠舁きたちと浪人たちは、かかわりがあるのだろう。浪人たちと駕籠舁きたちは久しぶりに菱屋長屋で出くわしたのだ。おれは、浪人たちと二組の駕籠舁きたちが菱屋長屋にいたのを見ている。親分が呼び出された刻限はいつ頃だ」

「夜五つ近くだ」

「おれを見張っていた浪人たちが、夜番と交代するのは暮六つだ。浪人たちが庄司商道塾にもどって庄司殿に報告したのだろう。蛇骨長屋におれが住んでいること、火焔一家の余佐次が訪ねてくることも、駕籠舁きは長屋の住人から聞いて知っていたに違いない。それでおれの動きを封じられるかもしれないと考えて、親分に白羽の矢を立てたのだ」

独り言のように、半九郎がつぶやいた。

「蛇骨長屋にいるあいつらは恩知らずだ。住んでいた大長屋が焼けて、住むところがないと長屋の住人を介して泣きついてきた。気の毒におもって、部屋を明け渡してやったのに、まったく、とんでもない奴らだ」

半分本気で、残る半分は大造に、駕籠舁きとの関係をさりげなくつたえようとして発したことばだった。

案の定、大造の物言いが柔らかくなった。

「庄司先生と諍《いさか》いがあることはわかった。が、おれの立場もある。今の一言、聞かなかったことにさせてもらうぜ」

じっと半九郎を見つめて、つづけた。

「手を引いてくれ。庄司先生は、いま大仕事にかかっているそうだ。大長屋の跡地を買って、遊里をつくる目論見《もくろみ》をすすめていると仰有《おっしゃ》っていた。遊び場が増えるとおれの実入りも増える。ありがてえことだ」

「大長屋の跡地を庄司殿が買うのか。よく金があるな」

「金主がいるのだろう。大長屋の地主は遊び好きだ。庄司先生の息のかかった馴染みの茶屋の主人たちから頼まれたら、むげには断れないだろうよ」

半九郎は黙り込んだ。

いま大造を敵にまわすわけにはいかない。

(落着するまでおとなしくしてもらう。それしか手はない。探索で知り得たことをある程度話して、大造がどう出るか、試してみるか)

咄嗟《とっさ》にそう判じて、問いかけた。

「菱屋長屋が焼けたことは知っているな」

「知っている。雷が落ちて丸焼けになったんだろう」

「違う。落雷ではない。爆破されたのだ」

「爆破された？　秋月さん、与太話は止めてくれ」

「南町奉行所の谷川という同心が、御上の鉄砲組に菱屋長屋の燃えさしを持ち込んであらためてもらったのだ。鉄砲組のお歴々が『爆発で火事が起き、焼けたのだろう。燃えさしに煙硝の臭いが残っている』と断じている」

「何だって。ほんとうか」

「ほんとうだ。おれは、ひょんなことから谷川さんとかかわりを持っている。疑うのなら、谷川さんに会わせてもいい」

「そいつは遠慮しとくぜ。おれは役人は嫌いだ」

顔をしかめた大造に、半九郎が訊いた。

「駕籠新という駕籠屋を知っているか」

「よく知っている。土地の、岡場所の茶屋や料亭などを得意先にして稼いでいる駕籠屋だ」

にやり、として半九郎がいった。

「そうか。なら庄司殿の頼みは聞かざるをえないな」

「そうだろうな」

気づいたことがあったのか、不意に黙った大造が、半九郎に目をもどしてつづけた。

「さっき秋月さんがいっていた駕籠舁きの兄弟、駕籠新に奉公しているのか」

「そうだ」

「秋月さんは、駕籠舁きの兄弟を駕籠新に奉公させたのは庄司先生だと睨んでいるんだな」

「図星だ」

「待てよ。庄司先生は菱屋長屋ともかかわりがあるというのか」

「多分な」

一瞬考えた大造が、問いかけた。

「ひょっとしたら大長屋も爆破されて火事になり、焼け落ちたというのか」

「おれはそう睨んでいる」

「まさか」

見据えて半九郎が告げた。

「親分に頼みがある」

「何だ」

「菱屋長屋の跡地を誰が買うかわかるまで、おれの動きを見て見ぬふりをしてくれないか。もし買い手が庄司殿だったら、大長屋も爆破されたのではないか、という疑いが大きくなる」

「何とか秋月さんを説き伏せると、庄司先生に約束してきたおれの面目がなくなる。男を売る稼業にどっぷりつかっているんだぜ、おれは」

それまで黙っていた余佐次が割って入った。

「親分、お願いしやす。先生の頼みをきいてやってくだせえ。この通りだ」

胸の前で手を合わせ、拝む格好をした。必死の形相だった。

しばし見つめた大造が、目をそらして大きなため息をついた。

「仕方がねえ。可愛い子分の頼みだ。おめえの口添えを、むげにはできねえな」

顔を向けて、大造が告げた。

「秋月さん、待ちましょう」

「親分、ありがてえ」

畳に額を擦りつける。

「親分、余佐次」

ふたりを見やって、半九郎が頭を下げた。

三

その日、下城するなり大岡は吉野ひとりを供に連れ、権門駕籠に乗って出かけた。

行き着いた先は、荻野山中藩上屋敷であった。

「江戸南町奉行大岡越前守忠相でござる。御主君にお目通りしたい。あくまでも内々での訪れ、その意を汲んでいただきたい」

駕籠から降りた大岡自らが、物見窓ごしに口上を述べた。

藩士たちが揉め事を起こす事例は多い。南町奉行直々の内々の訪れ、ということばは、物見番所に詰める者たちの動揺を誘うには、十分過ぎる重みを持っていた。

物見窓の向こうで、小者たちの慌てふためく様子が、吉野には見えるようだった。

時をおくことなく、表門が開かれ、吉野を先頭に、大岡、空の権門駕籠と担ぎ手たちが玄関へ向かった。

接客の間に通された大岡と吉野を、開け放たれた襖《ふすま》のそばで、頭を垂れた板倉が待ち受けていた。

下座に大岡、その斜め後ろに吉野が控える。

見届けて板倉が口を開いた。

「江戸家老板倉主膳でございます。内々の訪れと承りましたが、いかなるお話でございましょうか」

慇懃《いんぎん》な物腰だったが、その目は、明らかに探りを入れていた。

「御主君直々にお話し申す。当家は譜代の名門。家門に傷をつけたくない。そのおもいにかられての、あくまでも忍びの動きでござる」

応じた大岡に、

「前触れなしのこと、急ぎ手配いたします。暫時《ざんじ》お待ちくだされ」

と頭を下げ、いそいそと接客の間から出ていった。

ほどなくして藩主大久保教信が入ってきた。

上座に座る。

斜め脇に板倉が控えていた。

「大久保教信じゃ。見知りおいてくれ」

声をかけてきた大久保に大岡が頭を下げた。

「江戸南町奉行大岡越前守でございまする。あくまでも忍びでの用件、単刀直入にお話したほうがよろしいかと」

「申してみよ」

「荻野山中藩においては御禁制の藩札を発行されている、と兼任する地方御用掛の配下より報告がありました。藩札の買付を無理強いされている分限者より不満の声が上がっているとのこと、これ以上、噂が広がれば、大岡ひとりの胸の内におさめておくことが困難になります。評定所《ひょうじょうしょ》一座の座員でもある身、この藩札の一件が、評定所で取り上げられるような事態に立ち至れば、職分を果たさざるをえません。何卒《なにとぞ》、藩札の発行を取りやめていただきたく言上いたします」

「当藩が、藩札を発行しているのを、余も知らぬではない。御禁制とはいえ、他藩でもやっていること。財政逼迫《ひっぱく》の折り、仕方がないとおもうて許してきた。それほどの金高ではない。見逃してもらえぬか」

哀願するような物言いだった。

応じた大岡の音骨は冷ややかだった。

「断じて見逃すわけにはいきませぬ」

「それはなにゆえ」

　声を震わせて大久保が睨み付けるのと、板倉が袴を強く握りしめるのが同時だった。

　見据えて大岡が告げた。

「分限者たちの話から算出された金高は一万両余。あまりにも巨額すぎます。荻野山中藩の石高は一万三千石。発行された藩札の金高と石高が釣り合いませぬ。必ず破綻《はたん》が生じます」

　愕然《がくぜん》として、大久保が念を押した。

「発行した藩札の金高は一万両余に達するというのか。それはまことか」

「あくまでも噂されている金高でございます。まだ、たんなる噂としてすまされる時機とおもわれます。分限者たちが藩札を買ったという知らせはありませぬ」

「それゆえ、内々のことですまそうと、忍びで訪ねてくれたのか。大岡殿、礼を申す」

　向き直って、声高に告げた。

「板倉、すぐに藩札の発行を取りやめよ。それに、何だ。余は一万両余の藩札を発行するとは、聞いておらぬぞ。なぜそれほど巨額の金を集めようとしたのか、後ほど問い糺《ただ》す」

「すべて藩のためでございます。お怒りをお鎮《しず》めください」

平伏したまま頭を上げない板倉を、しばし睨み付けていた大久保が、視線を大岡にもどして声をかけた。

「武士の情け、痛み入る」

頭を下げるのへ、大岡が告げた。

「これにて引き取らせていただきます。御免」

立ち上がった大岡に、吉野がつづいた。

四

夜の帳《とばり》が降りたころ、荻野山中藩上屋敷の裏門の潜り口から出てくる、忍び姿の三人の武士がいた。

江戸家老板倉主膳、勘定方吉沢紀一郎、目付武田助七は、藩主大久保から厳しく咎《とが》められ、藩札の発行を即座に止めるように命じられている。

もはや当初の目論見どおりにすすめるのは困難になった。いま出来うる範囲内でやるしかないだろう。そのことを早急につたえねばなるまい、と板倉がいいだし、急遽庄司商道塾へ向かうことになったのだった。

着いた板倉たちを出迎えたのは、庄司東内ひとりであった。用心棒でもあり参謀格の山本や、日頃は相談にくる見世《みせ》の主人たちの窓口をつとめている平六、庄司の助手でもある、塾の奉公人三人も出払って、いないという。なかは閑散としていた。

接客の間で、庄司と板倉は向かい合っている。板倉の斜め後ろ左右に吉沢と武田が控えた。

「みんな、どこへ出かけたのだ」

苦笑いして、庄司がこたえた。

「例の方々が、もどってこないのです。昼番との交代に出た夜番の者たちも、いつも張り込んでいる場所にいません。それで方々が行きそうなところを探させています」

「いずこも同じか」

つぶやいた板倉に、庄司が問うた。

「前触れなしの板倉様直々のお出まし。悪いことでも起きましたか」

「起きた。南町奉行の大岡越前守が、今日、突然、忍びでやってきたのだ」

眉をひそめて庄司が訊いた。

「大岡様が。まさか目論見に気づかれたのでは」

「その話はでなかった。藩札の発行について咎められただけだ。藩札を出すことは御法度で禁じられている。殿から、当分の間、藩札を発行してはならぬ、と命じられた」

「それでは、元手の調達が難しくなるのでは」

「いまのところ心配ない。が、すべてを急がねばならぬ」

「目論見どおりにはすすめられぬということですか」

さりげなく庄司から目をそらし、板倉がこたえた。

「お飾りとはいえ、立場上は藩主だ。殿をないがしろにするわけにはいかぬからな。とりあえず、大長屋と菱屋長屋だけでもいいだろう。その分の元手は責任を持ってつくる」

首を傾げて、庄司が不満げにつぶやいた。

「それでは、新吉原へ遊びに行く男たちを網にかけにくくなります。蛇骨長屋の土地も、こちらのものにしなければ目論見どおりの儲けが出ません」

顔をしかめて、板倉が吐き捨てた。

「仕方ないではないか。大長屋と菱屋長屋の跡地に、おぬしが岡場所で商いの面倒を見ている茶屋や料亭、局見世などの新見世を出させる。日々の見世の商いはおぬしが指図して、それぞれの見世から借りてきた奉公人たちに働いてもらう。元手は、すべて我が藩が出し、儲けは我が藩と庄司商道塾が折半する。奉公人を貸し出した見世と庄司商道塾の取り分の配分には、我が藩は口を出さぬ。そういう約束だったな」

「そうです。例の方々、公儀の扱いに不満を抱いた伊賀組の不満分子に手伝ってもらい、代々火薬を扱ってきた家系の部屋住みたちには、落雷騒ぎを仕組んでもらっています。結果、大長屋と菱屋長屋の跡地を手に入れるめどは立ちました」

満足げに板倉が応じた。

「連中の慎重さには恐れ入ったな。はじめは立木で落雷にみせかける爆破を繰り返し、名主の屋敷も雷が落ちたように仕組んで、爆破して燃やした。その間、仲間の伊賀組の面々が、雷神の祟《たた》りだという噂をまき散らした」

「さすがに、戦国の世に忍びの技を駆使して謀略を巡らし、敵方を攪乱《かくらん》した忍者の末裔。雷神の噂の立て方は、実に巧みでした」

厳しい眼差しで一点を見据えて、庄司がつづけた。

「その不満組が持ち場を離れ、いまどこにいるかわからない有様。いったい何があったのか。吉沢さんが銭入れを掏《す》られてから、すべてが狂い始めた。秋月半九郎が現れてから、いいことはない」

無言で、申し訳なさそうに吉沢がうつむいた。

唐突に、武田が声を上げた。

「庄司さんらしくないな。いまさら吉沢のことを責めても仕方がない。おれがいったときに、秋月を始末しておけばよかったのだ」

小馬鹿にしたように、鼻先で笑って庄司がいった。

「武田さん、いうのは簡単だ。いまからでも遅くはない。秋月の居所はわかっている。出かけていって果たし合いを申し入れたらどうだ。もっとも、武田さんが勝てるとは、とてもおもえないが」

「何だと。もう一度いってみろ。その分には捨て置かぬぞ」

いきり立つのを、板倉が制した。

「よさぬか、武田」

「いわせておけば、無礼極まる。御家老が止めなければ、斬り捨てていたところだ」

そのとき、襖の向こう、廊下側から声がかかった。

「やけに威勢がいいな。塾長を斬る前に、おれが武田殿を斬る」

いきなり襖が開けられた。

廊下に、山本と伊賀組のひとりが肩をならべて立っていた。

「山本。深尾《ふかお》さんも一緒か」

呼びかけた庄司に、深尾が応じた。

「伊賀組組頭から、禁足をくった。命に従わねば、御扶持召し放ちの厳罰を処すことになる、といわれて、他の連中は屋敷に引き籠もっている。昨日、南町奉行の大岡様が忍びで組頭を訪ねてこられた。爆薬で、落雷したように見せかけられるか、と訊かれたそうだ」

「大岡様が」

「また南町奉行か」

相次いで庄司と板倉が声を上げた。

横目で板倉に目を走らせて、山本がいった。

「捜す最後の場所だとおもって深尾殿の父御の屋敷へ向かった。そうしたら、屋敷近くの道で歩いてくる深尾殿と出くわしたのだ。深尾殿は、不満組に声をかけて仲間をつくり、此度《こたび》の目論見に加担してくれた。誘った仲間やその家族を窮地に追いやるようなことはできないと判断して、組頭の命に従うよう仲間たちを説き伏せたそうだ。おれとの付き合いがあるので、そのことをつたえに出かけてきた、と聞いた」

わきから深尾がいった。

「もともとは居酒屋で知り合い、意気投合し呑み仲間になったことがきっかけで始まったことだ。仲間や家族に迷惑はかけられない。申し訳ないが手を引かせてもらう」

「仕方ない。無理強いはできぬ。落雷騒ぎの仕掛けに金をまわして、まだ満足な手当も払っていない。申し訳ないのは、こっちのほうだ」

応じた庄司が、ちらり、と板倉を見やった。

ばつが悪そうに顔をしかめて、板倉が横を向く。

目を深尾にもどして、庄司が口を開いた。

「駕籠舁きの兄弟を装って蛇骨長屋に入り込んでいるお仲間に、組頭の命令はつたわっているのか」

「これからだ」

「後三日もすれば爆薬を仕掛け終わるころ。数日、つたえるのを待ってもらえないか」

「あいつらも、いままで研鑽してきた技を生かすことができた、と喜んでいた。その気持ちを考えると、最後までやらせたい気もする。組頭から連中について訊かれたら、しらばくれておこう」

「ありがたい。これで目論見どおりにすすめられそうだ」

横目で板倉たちを見ながら、深尾が庄司に訊いた。

「仲間たちに働いた分の金を払ってやりたい。いつもらえるかな」

「数日のうちに」

こたえた庄司が、板倉を振り向いた。

「明日、算出した伊賀組の方々の手当の金高を記した書付を、山本に届けさせます。できれば明後日に払っていただきたい。よろしいですな」

「わかった。何とかしよう」

渋い顔で、板倉がこたえた。

五

朝飯の前に、半九郎は辰造の家のまわりを歩いた。

小者や捕方たちは、警固をつづけている。

が、張り込んでいるはずの浪人たちの姿はなかった。

(昨夜からいない。どうしたのだろう)

釈然としない気持ちのまま、家へ入る。

あてがわれた部屋で小半刻(三十分)ほど思案した半九郎は、

(市松たちの様子からみて、蛇骨長屋が危ない。帰って警戒にあたるべきだ)

と、決めた。

辰造の居間に行き、前で胡座をかく。

「さっき、家のまわりを見てきたが、浪人たちの姿はない。蛇骨長屋のことが気になる。小者たちも警固している。おれはいなくても大丈夫だろう」

「そうはいってもなあ」

渋る辰造に半九郎が告げた。

「よい考えがある。これから一緒に南町奉行所へ行こう。谷川さんに頼んで、奉行所に居候《いそうろう》させてもらうんだ」

「それは、できねえよ。夜には手下たちが集まるんだ」

「おれも困ることがあるんだ。万が一、蛇骨長屋が丸焼けになったら帰るところがなくなる」

恨めしそうに見つめて、辰造が黙り込んだ。

半九郎も見つめ返す。

目をそらして、辰造がうつむいた。

沈黙が流れた。

ややあって、振り向くことなく辰造が口を開いた。

「わかったよ。小者たちも警固してくれている。浪人たちがいないわけはわからねえが、このままおさまるかもしれねえ」

「引き上げさせてもらう」

声をかけて、半九郎が立ち上がった。

　着替えを入れた風呂敷包みを下げて帰ってきた半九郎を見て、南天堂が驚いた。

「もどってきてくれたのかい。ありがたい。屋根の上を歩き回る足音が大きくなったような気がして、心配してたんだ」

　座敷に上がりながら、半九郎が訊いた。

「隣の駕籠舁きたちは、いまどうしている」

「いない。おそらく駕籠新じゃないか」

一隅に、半九郎が風呂敷包みを置く。

ふたりが、向かい合って胡座をかいた。

「なら好都合だ。手伝ってくれ」

「何をやるんだ」

「天井板をはずす。それから屋根裏にのぼって、いつでも屋根へ出られるように板屋根の屋根板をはがすんだ」

「なぜ、そんなことをするんだ」

「実は、昨日の夜中、密かに帰ってきた」

表店の二階の屋根に上って裏店の屋根をあらためたこと、屋根の上で駕籠舁きたちが導火線らしきものを敷いていたこと、明け渡した南天堂の部屋と、はずれのほうの屋根の上に導火線にくくりつけた丸い袋が見えたことなどを話して、付け加えた。

「丸い袋には、おそらく弾薬が入っているのだろう」

驚いて南天堂が目を剝いた。

「おれの部屋の上に、弾薬が仕掛けられているのか。何てこった」

しきりに首を捻って、南天堂がつづけた。

「待てよ。板屋根をはがしたら、奴らに気づかれるかもしれない。梯子《はしご》のほうがいいんじゃないか」

「そうかもしれぬ。梯子をかけて上る手も考えてみたが、気づかれてはずされるおそれがある。それで止めたのだ」

「その心配はない。おれが押さえて支える。今夜は商いは休む。住処《すみか》を守る方が大事だ」

「支えるだと。何をやらかすかわからない奴らだ。殺されるかもしれないぞ」

「殺されるかもしれないのは、半さんも同じだ。おれたちで蛇骨長屋を守るんだ。危ない目にあうのは覚悟の上だ」

「町奉行所に駆け込む手もあるが、出役の手続きや何やらで、もたもたしているうちに気づかれ、行きがけの駄賃に爆破されて逃げられるおそれがある」

「半さんの腕前を信じるよ。蛇骨長屋のみんなを、大長屋や菱屋長屋の住人たちのように、宿無しにするわけにはいかない。ふたりでやろう」

「わかった。梯子を借りてこよう」

「大家さんのところにある。板屋根の雨漏りを直すときに、みんなが借りている梯子だ。おれが借りてくる」

「そうしてくれ。おれは、できるだけ姿を見られたくない」

「善は急げだ。大家さんのところにいってくる」

のっそりと南天堂が立ち上がった。

この日も、雲の多い闇夜だった。

蛇骨長屋は寝静まっている。

屋根の上で、黒装束の市松たちが、身を低くして導火線を敷いていた。

表店との境の通り抜けの方から、かすかな物音が聞こえた。

一斉に振り向く。

かけられた梯子から、半九郎が屋根に上ったところだった。

大刀を抜く。

「市松、安三、他のふたりも、何をしている。爆薬でも仕掛けているのか。強引に転がり込んだわけが、よくわかった」

下段に構えて、半九郎が歩み寄る。

懐《ふところ》から匕首《あいくち》を抜いた市松たちが、迎え撃つべく横にならんだ。

「伊賀組の組下なら、つたえておく。伊賀組組頭を南町奉行の大岡様が訪ねられた。雷が落ちたようにみせかけて爆破し、火事を起こす火術について話したそうだ。おそらく組頭は、伊賀組を守るため何らかの手立てを講じるだろう」

「たわけたことを。一介の素浪人が知り得ることではない」

市松がせせら笑う。

「おれは、早手の辰造という十手持ちの用心棒だった。辰造の家を張り込んでいた浪人たちは、すでに姿を消している」

「そんなはずはない。知らせがあるはずだ」

声を上げたのは菱屋長屋で、子供の骸《むくろ》のそばに座り込んでいた駕籠舁きだった。

「次八」
低いが、黙らせる威圧が市松の音骨にこもっている。
「話しても無駄な相手とみた。斬る」
半九郎が、一歩迫った。
そのとき、がたん、と表戸が開けられる音がした。
半ば反射的に市松たちが身を低くする。
(正太を巻き込みたくない)
瞬時に判じて、半九郎も身を低くした。
寝ぼけ眼をこすりながら正太が出てきた。
溝板のそばにいき、用を足している。
終わったのか、背中を向けてもどっていった。
おもいがけない動きだった。
板屋根を転がった市松が地面に降り立つや、背後から正太を捕まえた。
驚いた正太が泣き出す。
安三たちが顔を見合わせた隙に、半九郎も飛び降りた。
気づいた市松が振り向き、正太に匕首を突きつけて吠《ほ》える。

「刀を捨てろ。正太を刺す」

そのとき、家のなかからお時とお仲が飛び出してきた。

「正太」

「どうしたの」

同時に声を上げ、お時とお仲が立ちすくんだ。

「おっ母さん」

叫んだ正太が、再び泣き出す。

お時が叫んだ。

「正太を離して。あたしが代わりに人質になる」

近寄ろうとしたお時を、市松が睨みつける。

「くるな。正太は離さぬ。身代わりは幼子がいい。扱いやすいからな」

酷薄な笑みを浮かべた市松が、匕首をさらに正太に近づける。

「正太」

耐えきれずよろけたお時を、お仲が抱き支えた。

そのさなか、安三や次八、竹吉たちも相次いで屋根から飛び降りる。

市松のそばに駆け寄って、匕首を構えた。

「竹吉。刀だ。刀を持ってこい」

うなずいた竹吉が、もとの南天堂の住まいへ走って行く。

「正太を離せ」

呼びかけた半九郎に、冷ややかに薄ら笑って市松がこたえた。

「目的を果たす。それがすべてだ」

四本の刀を抱えた竹吉が、住まいから飛び出してきた。

駆け寄り、安三や次八に渡して、最後に市松に手渡そうとする。

両手が塞がっているため、市松は刀を受け取ることができない。

「正太は引き受ける」

声を上げた次八が、市松に駆け寄る。

「まかせる」

正太から手を離し、大刀を受け取った。

その瞬間、

「走れ、正太」

声をかけた次八が、市松の後方から遠ざかるように、正太の背中を強く押して走っていく。

「おのれ、裏切ったな」

大刀を抜いた市松が、振り向きざま一跳びして、次八に袈裟懸《けさが》けの一撃をくれた。

背中を斬り裂かれた次八が前のめりに倒れる。

倒れながら、叫んだ。

「逃げろ。走るんだ」

背中を丸めて正太が走り去っていく。

竹吉と安三が、次八に目を奪われたとき、一気に迫った半九郎が市松の肩口に大刀を叩きつけていた。

血しぶきを上げて、市松が倒れる。

向き直った半九郎が安三と竹吉に斬りかかる。

「くそ」

「斬られてたまるか」

わめいた安三と竹吉が迎え撃つ。

右下段に構えて二人の間に飛び込んだ半九郎が、斜め左右に剣を振った。

袈裟懸けに安三が、脇腹から脇の下へと断ち切られた竹吉が朱に染まって倒れ込む。

「正太を助けろ」

呼びかけた半九郎に、気を取り直したお時とお仲が、

「正太」

「正太ちゃん」

路地の突き当たりの、浅草寺との境の塀の前に、呆然と立っている正太へ向かって駆け出していく。

騒ぎに寝ぼけ眼で飛び出してきた権太や助吉に留吉たちが、血まみれで倒れている市松たちに驚愕の目を剝いた。

「どうした」

「何があったんだ」

同時に声を上げた権太と助吉に声がかかる。

「おまえたちが背負い込んできた疫病神《やくびょうがみ》を、半さんが退治してくれたんだ」

声の方を見やった権太たちの目に、屋根の上に立っている南天堂の姿が飛び込んできた。

「見ろ。これが雷神さまの正体だ」

掲《かか》げた丸い袋のなかから弾薬の玉を一個取り出した南天堂が、大きく手を振って

みせた。

その瞬間、南天堂が足を踏み外し、よろける。

躰《からだ》を支えようと、あわてて突こうとした手から弾薬が滑り落ちた。

片膝を突いて次八を抱き起こした半九郎が、あわてて怒鳴る。

「身を伏せろ。爆発するぞ」

ひいっ、と息を呑んで権太たちが身を伏せる。

塀の前で正太を抱いてかばったお時とお仲も身を伏せる。

屋根を転がった爆薬が地面に落下した。

爆発し、南天堂の住まいの表戸から溝板にかけて爆煙が上がる。

薄らぐ煙のなかから、吹っ飛んだ表戸まわりと穴のあいた地面、砕け散った溝板の一部が見えてきた。

身を伏せ、胸にしっかりと弾薬の入った袋を抱え込んだ、南天堂の怯《おび》えきった姿が屋根の上にある。

次八をかばって身を伏せていた半九郎が声をかけた。

「傷は浅い。医者にみせればたすかる。正太をたすけてくれて、礼をいう。御上は内々ですませるつもりだと、知り合いの与力から聞いている。目論見のすべてを話してくれるか」

「せめてもの罪滅ぼし。知っていることは洗いざらい白状する」

傷が痛むのか、それだけいって次八は目を閉じた。

六

「次八さんは、正太の命の恩人です。あたしに看病させてください」

とお時がいいだし、お仲も、

「半さん、まかせといて。次八さんは市松さんたちの仲間だけど、いまは改心している。たすけてやりたい」

と頼んできた。

爆薬を抱えたままの南天堂も口を添える。

「権太と助吉も、しょげかえって、おれたちのいうとおりにするといっている。長屋の衆も、次八が正太をたすけたところを見ている。みんな、次八をかばってくれるさ」

「おれも次八を何とか逃がしてやりたい。とりあえずお仲のところに運び込もう。

南天堂のおかげで、俺のところも大掃除が必要だ」

「そういうな。おれが一走りして、医者を叩き起こして連れてくるよ」

「頼む。おれは町が動き出す前に、屋根の上にある爆薬と導火線をかたづけてくる」

　行きかけて半九郎が足を止めた。

　振り向いて声をかける。

「南天堂、ずっと大事そうに抱えている袋は、おれが預かろう。また落とすと大ごとだからな」

「それがいい。動転つづきですっかり忘れていたよ」

　あわてて、南天堂が半九郎に袋を差し出した。


　屋根の上に敷いてあった導火線と弾薬を入れた袋を片づけた半九郎は、住まいの大掃除にとりかかった。

　かろうじて住むことができるようにした半九郎は、お仲の住まいをのぞいた。

　往診にきた町医者は、すでに引き上げていた。

　半九郎が見立てたとおり、次八の傷は浅く、数日もすれば動くことができるだろうと町医者がいっていた、とお仲が話してくれた。

姿の見えない南天堂に気づいて、重ねて訊くと、

「大家さんに建屋や溝板の修理と、爆薬を仕掛けていた駕籠舁きたちの骸の始末を相談してくるといって出かけたよ」

とこたえた。

ほどなくして、南天堂と一緒に、不機嫌極まりない様子の久兵衛がやってきた。

半九郎を手招きした久兵衛は、

「爆発騒ぎを起こした上に、斬り合いで三人も死んだとなると、町奉行所や名主さんたちから何度も呼び出されて面倒だ。南天堂さんがいい知恵を出してくれたから、そうする」

わきから南天堂が声を上げた。

「市松たちを無縁仏として近くの寺に葬って、爆発は、素人が花火をつくろうとしてしくじった、と自身番に届けよう、と申し入れたんだ。権太たちも、頼まれたとはいえ、とんでもない奴らを引っ張り込んだとしょげかえっている。みんな厄介ごとは嫌がる。口裏を合わせてくれるさ」

大家にいわれて、大工の留吉が大八車を借りてきた。

三人の骸を権太たちにも手伝ってもらい、同行した久兵衛の檀那寺《だんなでら》に運び込んだ。乗り気でない住職に久兵衛が頼み込み、無縁仏として葬ることができた。

南天堂の住まいと溝板は、大工の親方の許しを得て、留吉と長吉が修理することになった。


仮眠をとった半九郎は昼過ぎに、庄司商道塾へ向かった。

表戸を開けて、なかに入り、声をかける。

平六や山本をしたがえて庄司が出てきた。

出てきたのをたしかめて、半九郎が後ろ手で表戸を閉めた。

「何の用だ」

庄司をかばうように前に出て、山本が訊いてきた。

「昨夜、蛇骨長屋で爆破騒ぎがあった。駕籠舁きに化けた伊賀組の火薬掛、次八の身柄をおさえてある。目論見のすべてを白状した。これから町奉行所に連れて行く。それだけだ」

ゆっくりと後退る半九郎に庄司が声をかけた。

「待て。他の連中はどうした」

「残る三人は、おれが斬って捨てた」

「何っ、それはまことか」

声を高めて庄司が問うた。

「まことだ。後々何かと面倒と考えて、無縁仏として葬った」

皮肉な笑みを浮かべて、ことばを継いだ。

「次八は、いままでやったことを洗いざらい話してくれた。南町奉行所の取り調べに対しても、すべて白状するといっている。じきに町奉行所の手の者が引っ捕らえにくる。首を洗って待っていろ」

「幾らだ、幾らで次八を売ってくれる」

鼻で笑って、半九郎が言い放った。

「売らぬ。おまえが仕組んだ、落雷に見せかけた爆発騒ぎで、五人もの死人が出た。逃げるとき、傷を負った者も多いと聞く。さらに大長屋と菱屋長屋の住人たちは焼け出されて、ほとんどが行き場がみつからず野宿している。許せぬ」

「秋月、ここから出さぬ。斬れ」

目を血走らせて庄司が吠えた。

「死ね」

すでに刀の鯉口を切っていたのか、板敷きから飛び降りながら山本が斬りかかった。

身をかわしながら鯉口を切った半九郎が、身を沈めて、刀を横に払う。

段差があった分、跳びおりて前のめりになった山本が、体勢をととのえながら八双に構えた。

瞬間、山本の躰が大きく揺らいだ。

臑《すね》を断たれたのか、斬り裂かれた袴が溢れ出た血に染まっている。

歯を食いしばった山本が、

「おのれ、これからだ」

上段に刀を振り上げる。

が、刀は頭上まで届かなかった。

再び正眼から薙《な》いだ半九郎の一閃《いっせん》が、山本の脇腹から脇腹へと斬り開いていた。

刀を構えたまま、横倒しに山本が倒れる。

「来るな」

「止めてくれ」

同時に叫んで背中を向けた庄司と平六の首に、横に振った半九郎の刃が、なかがかすれた一の字を描いて深々と食い込んでいた。

首の皮一枚残っていたのか、胸に顔を打ちつけて、庄司と平六が崩れ落ちる。

騒ぎに奥から出てきた助手たちが恐怖のあまり、その場にへたり込んだ。

じろり、と見やって半九郎が告げた。

「見てのとおりだ。先に斬りかかられたから斬って捨てた。巻き添えを食わぬうちに、ここから去れ。落雷騒ぎの仕組みを知っていて黙認していたとしたら、ただではすまぬぞ」

ひっ、と短く悲鳴に似た声を上げた三人が、脱兎のごとく裏口へ向かって逃げ去っていく、
大刀を鞘に入れ、庄司たちの骸を一瞥《いちべつ》した半九郎が、悠然とした足どりで表戸へ向かった。


暮六つ（午後六時）を告げる時の鐘が風に乗って聞こえてくる。

荻野山中藩の上屋敷の庭から爆発音が響き、土煙《つちけむり》が舞い上がった。

塀の外に立っている半九郎が、腰に下げた袋から爆薬を取り出し、塀越しに投げ込む。

相次ぐ爆発に、悲鳴が上がり、走り回る足音や怒号が重なった。

その騒動に、しばし耳を傾けた半九郎が不敵な笑みを浮かべるや、立ち去っていく。

少し前に、表門の物見窓ごしに声をかけ、庄司からの封書と告げて小者に渡してあった
書付には、

〈落雷を仕組んだ伊賀組のひとりが、公儀の探索方に捕らえられた。探索方は裏取引を望んでいる。相談したいので塾まできてもらいたい。この文は、私に代わって探索方が記している。本気である証《あかし》に伊賀組のひとりから入手した爆薬を二発、上屋敷に投げ入れる。爆発騒ぎが起きたら、大至急、向かわれたい。庄司代人〉

と記しておいた。

半九郎は、すでに荻野山中藩から庄司商道塾へ向かう道筋で待ち伏せしやすい場所を見つけている。

武家屋敷の建ちならぶ一角であった。

待ち伏せして、すでに半刻（一時間）以上過ぎ去っている。

（必ずくる）
との確信が半九郎にはあった。
この間、人の往来はなかった。
（こなければ、もう一度爆薬を投げ込むだけのこと）
そう腹をくくっている。
近づいてくる足音がした。
荻野山中藩上屋敷のほうからやってくる。
ひとりの足音ではなかった。
（ひとり、ふたり、三人か）
気を注いで、音を聞き分ける。
やがて、武田を先頭に板倉、吉沢と連なって歩いてきた。
武家屋敷の塀の陰に身を置いていた半九郎が、通りへ歩み出る。
三人の足が止まった。
雲間から出た月が、半九郎の顔をおぼろに照らし出す。
目を凝《こ》らした武田が、声を上げた。
「おのれは秋月。素浪人の分際で無礼であろう。そこをどけ」

刀の鯉口を切りながら半九郎が歩み寄る。

「草同心秋月半九郎。御上より与えられた、この世に害毒を垂れ流す悪党どもに対する斬り捨て御免の特権、おぬしらに使わせてもらう」

「草同心だと、知らぬ。聞いたこともない」

わめいた武田が大刀を引き抜く。

さすがに板倉は江戸家老だった。

「草同心だと。聞いたことがある。江戸の巷《ちまた》に住み着き、町人たちと馴染みながら密かに探索をつづける、町奉行支配下の者」

はっと気づいて、板倉が呻いた。

「そうか。突然の大岡の訪れ、不審におもうたが、貴様が通じたのか。斬れ。相討ち覚悟で討ち果たせ」

大刀を抜いた。吉沢も抜き連れる。

「斬罪」

板倉たちに向かって躍り込んだ半九郎は、武田と一太刀も合わせることなく、すれ違いざま、迅速の居合い抜きで胴を断ち切っていた。

小袖を血に染めながら、舞うように半回転して武田が倒れ込む。

悲鳴に似た声を上げ、逃げようと背中を向けた吉沢に上段からの一撃を叩きつけた。

吉沢がその場に崩れ落ちる。

「金はやる。欲しいだけやる。藩札をつくれば、いくらでも金はつくれる。見逃してくれ」

無茶苦茶に刀を振り回しながら、板倉が後退る。

無造作に振り払った半九郎の一太刀が、板倉の刀を撥ね飛ばした。

迫って、塀際まで追い詰める。

「武士らしく切腹していただく。覚悟」

刃先を横向きにして、板倉の腹に突き立てる。

真一文字に切り裂いていった。

呻き声を上げた板倉は、躰を小刻みに痙攣《けいれん》させる。

腹の幅いっぱいに斬り開いた後、なかほどまで刀をひきもどし、刃先を縦向きに変えて引き上げた。

激しく痙攣し、断末魔の絶叫を発して空をつかむ。

次の瞬間。

力尽きたか、がくり、とうなだれた。

刀を引き抜く。

ずり落ちるように板倉が頽《くずお》れた。

じっと見つめた半九郎が、鐔《つば》音高く大刀を鞘に納めた。

七

半月後、蛇骨長屋の南天堂の住まいの前で宴《うたげ》が開かれていた。

つないで敷いた数枚の茣蓙《ござ》の上に、仕出しの料理や一升徳利十数本が置かれている。

大家の久兵衛や娘お町《まち》、半九郎とならんだお仲、正太をはさんでお時と南天堂が座っている。権太に助吉、留吉、お杉に長吉、妹お千代の母子の姿もある。

立ち上がった南天堂が、

「留吉さんや長吉さんのおかげで、おれの住まいが生まれ変わった。今日はささやかだがお礼の酒宴だ。豪勢なことはできないが楽しんでくれ」

そばにいた正太を立たせて、南天堂がつづけた。

「新しい住処ができた手柄の一番は、何たって正太坊だ。怖くて大声で泣いてくれたんで、みんなが出てきてくれた。悪い奴らをやっつけられたし、住まいも新しくなった」

わきから留吉が茶々を入れた。

「南天堂さんの一人芝居だったぜ。自分で爆薬振り回して、落としたんだからな」

「それをいうな。大家さんが聞いてる」

「端から、そのことを知っていたら南天堂に弁償させたんだ。知らないばっかりに家主さんに談判して、修繕賃を出してもらった。大しくじりだよ」

珍しく軽口を叩いた久兵衛に、正太を座らせた南天堂が徳利を抱えて、酒をすすめる。

「これだ。南天堂さんにはかなわねえや」

「ほんとにごますり上手だぜ」

相次いで留吉と長吉が揶揄《やゆ》する口調でいいたてる。

「南天堂のおじさん、ごますり上手なの。ごますり上手って何」

真顔で訊いてきた正太にお時が、

「いい人ってこと。みんなが冗談をいっても、怒らないでしょ、南天堂のおじさんは」

　こたえて正太の肩を抱いた。

「ふーん、そうなんだ」

　わかったような顔をして微笑む。

　そんな正太たちを見やりながら、お仲が小声で半九郎に訊く。

「次八さん、どうしているかしら。七日前に半さんと出たきり、帰ってこないけど」

「知り合いが気に入って、雇ってくれたんだ。そのうち遊びにくるさ」

「きてくれるといいね」

　じっと見つめて、小声で尋ねた。

「辰造親分から聞いたんだけど、あたしとのこと、約束してくれたんだって」

「した。おれは危ないことが大好きな男だ。命があったら、という但し書きがついている」

「いつぐらいに、親分との約束を果たせそうなの」

「そう遠くない。そんな気もする」

「半さん、そんな頼りないいい方しないで。いつまでも待っているからね、あたし」

「お仲を巻き添えにしたくないのさ」

「巻き添えになってもいいよ」

じっとお仲を見て、半九郎がいった。

「おもいはひとつだ」

「嬉しい」

見つめ合った瞬間、南天堂の声がかかった。

「よっ、今日はやけに見せつけるね」

「もう、南天堂さんたら、嫌い」

睨みつけて、お仲がふくれっ面をした。

半九郎も苦笑いを浮かべる。

そんな様子を路地木戸の脇から眺めている、編笠をかぶったふたりの武士がいた。

忍び姿の大岡と吉野だった。

「秋月の推挙で吉野が連れてきた伊賀者。火薬だけでなく薬草にもくわしい。何よりも真面目だ。あんな若者に不満を抱かせ、悪事に足を突っ込ませたのは、お庭番を重用しすぎた我々にも責めがある。伊賀組組頭にも、次八を預かることにしたとつたえて、承諾を得ている」

「次八のこと、秋月も喜んでおります。御奉行に、御礼をいいたいと申しておりました」

「大長屋や菱屋長屋を焼け出された者たちはもちろん、江戸には今日の暮らしにも困る町人たちが大勢いる。此度の落雷騒ぎで、よくわかった。上様に食べることさえままならぬ江戸の町人たちを救済するため、暮らしの掛かりを給付したいと願い出たら、快く聞き届けてくださった、近いうちに救済金を給付できる段取りをつけている」

「よいことをなさいました。町人たちも喜びましょう」

ほどなくして、江戸南町奉行所は、日々の暮らしが困難に陥《おちい》った町人たちへの救済金の給付を一年余にわたりつづけざまに行っている。

楽しげに騒ぐ南天堂たちを笑みをたたえて半九郎が見やっている。

そんな半九郎を見つめて、大岡がつぶやく。

「此度も、秋月から町人たちの暮らし向きを教えてもらった。秋月は草同心の役目を全《まっと》うしてくれている。江戸の町を映し出す鏡のような存在、それが草同心だと、わしが南町奉行所に赴任したときに、吉野から教えられた。秋月は、まさしく草同心のなかの草同心ともいうべき男だ。そちといい、秋月といい、わしはよい配下にめぐまれた」

しみじみとした大岡の物言いだった。

「ありがたきおことば。秋月が聞けば、私同様、ありがたがることでしょう」

笑みを向けた大岡が、再び半九郎に視線をもどした。

半九郎が屈託のない笑みを浮かべて、南天堂たちと酒を酌み交わしている。

ささやかだが、楽しげな町人の宴は盛り上がる一方で終わりそうにない。

本書は書き下ろしです。

実業之日本社文庫　最新刊

実業之日本社文庫 よ56

雷神《らいじん》 草同心江戸鏡《くさどうしんえどかがみ》

2020年8月15日 初版第1刷発行

著 者 吉田雄亮《よしだゆうすけ》

発行者 岩野裕一
発行所 株式会社実業之日本社
〒107-0062 東京都港区南青山5-4-30
CoSTUME NATIONAL Aoyama Complex 2F
電話 [編集]03(6809)0473 [販売]03(6809)0495
ホームページ https://www.j-n.co.jp/
DTP ラッシュ
印刷所 大日本印刷株式会社
製本所 大日本印刷株式会社

フォーマットデザイン 鈴木正道(Suzuki Design)

ISBN978-4-408-55613-0(第二文芸)